KB075767

그대가 곁에 있어도
나는 그대가 그립다

그대가 곁에 있어도
나는 그대가 그립다

류시화 시선집

열림원

시집을 내며

세 권의 시집에서 고른 시들을 한 권으로 묶으며 내 시에서 깜박이는 신호는 '절망과 희망', 혹은 파블로 네루다와 비스와바 쉼보르스카도 말했듯이 '질문에 답하는 질문들'이라는 것을 알았다. 중첩된 우연들이 모여 운명이 되듯이, 중첩된 단어들이 모여 내 시의 운명을 결정지었다. 삶은 경이롭고, 외롭고, 절망적일 만큼 희망적이다. 그러는 사이 꽃은 적멸로 지고, 비는 우리를 잠재운다.

그 역설 앞에서 인간은 저마다 시인이다. 언제부터 시인이 되고자 결심했는지 묻는 기자의 물음에 "이 세상에 태어난 사람은 누구나 시인이다. 다만 그것을 언제 그만두었는지는 각자에게 물어봐야 한다."라고 대답한 어느 시인의 말은 진실이다. 언어를 흔들어 전율케 하는 것은 이 불가사의한 세계가 주는 선물이다.

'새는 날아가면서 뒤돌아보지 않는다'라고 썼지만 이렇게 돌아보게 되었다. 모든 시인의 마지막 시 제목은 '이제 안녕' 이어야 할 것이다. 시는 마지막 단어를 읽고 난 후에야 비로소 의미가 떠오른다. 여행이 끝난 후에야 지나온 길들의 의미를 깨닫듯. 고통은 지나가고 한 편의 시가 남는다. 그때까지 단어들을 찾는 것이 시인으로 산다는 것이다.

나의 시가 절망에 대한 위안이나 질문에 대한 해답이 되진 않겠지만, 시인으로 입문한 지 35년 만에 시선집을 낸다. 시를 읽는다는 것은 '시를 읽어 낸다'는 말과 동의어이다. 때로는 고상한 단어들로 시적 기교를 부리려고 애쓴 나의 시가 기댈 곳은 '시를 읽어 내는' 독자의 눈과 마음뿐이다.

2015년 가을

류시화

차례

1980~1991

길 위에서의 생각

집이 없는 자는 집을 그리워하고
집이 있는 자는 빈 들녘의 바람을 그리워한다
나 집을 떠나 길 위에 서서 생각하니
삶에서 잃은 것도 없고 얻은 것도 없다
모든 것들이 빈 들녘의 바람처럼
세월을 몰고 다만 멀어져갔다
어떤 자는 울면서 웃을 날을 그리워하고
웃는 자는 또 웃음 끝에 다가올 울음을 두려워한다
나 길가에 피어난 풀에게 묻는다
나는 무엇을 위해 살았으며
또 무엇을 위해 살지 않았는가를
살아 있는 자는 죽을 것을 염려하고
죽어가는 자는 더 살지 못함을 아쉬워한다
자유가 없는 자는 자유를 그리워하고
어떤 나그네는 자유에 지쳐 길에서 쓰러진다

민들레

민들레 풀씨처럼
높지도 않고 낮지도 않게
그렇게 세상의 강을 건널 수는 없을까
민들레가 나에게 가르쳐 주었네
슬프면 때로 슬피 울라고
그러면 민들레 풀씨처럼 가벼워진다고

슬픔은 왜
저만치 떨어져서 바라보면
슬프지 않은 것일까
민들레 풀씨처럼
얼마만큼의 거리를 갖고
그렇게 세상 위를 떠다닐 수는 없을까
민들레가 나에게 가르쳐 주었네
슬프면 때로 슬피 울라고
그러면 민들레 풀씨처럼 가벼워진다고

그대가 곁에 있어도 나는 그대가 그립다

물속에는
물만 있는 것이 아니다
하늘에는
그 하늘만 있는 것이 아니다
그리고 내 안에는
나만이 있는 것이 아니다

내 안에 있는 이여
내 안에서 나를 흔드는 이여
물처럼 하늘처럼 내 깊은 곳 흘러서
은밀한 내 꿈과 만나는 이여
그대가 곁에 있어도
나는 그대가 그립다

목련

목련을 습관적으로 좋아한 적이 있었다
잎을 피우기도 전에 꽃을 먼저 피우는 목련처럼
삶을 채 살아 보기도 전에
삶의 허무를 키웠다
목련 나무 줄기는 뿌리로부터 꽃물을 밀어올리고
나는 또 서러운 눈물을 땅에 심었다
모든 것을 버릴 수 있었으나
차마 나를 버리진 못했다

목련이 필 때쯤이면
내 병은 습관적으로 깊어지고
꿈에서마저 나는 갈 곳이 없었다
흰 새의 날개들이 나무를 떠나듯
그렇게 목련의 흰 꽃잎들이
내 마음을 지나 땅에 묻힐 때
삶이 허무한 것을 진작에 알았지만
등을 돌리고 서서
푸르른 하늘에 또 눈물을 심었다

소금인형

바다의 깊이를 재기 위해
바다로 내려간
소금인형처럼
당신의 깊이를 재기 위해
당신의 피 속으로
뛰어든
나는
소금인형처럼
흔적도 없이
녹아 버렸네

붉은 잎

그러고는 하루가 얼마나 길고
덧없는지를 느끼지 않아도 좋을
그다음 날이 왔고
그날은 오래 잊혀지지 않았다
붉은 잎, 붉은 잎, 하늘에 떠가는 붉은 잎들
모든 흐름이 나와 더불어 움직여 가고
또 갑자기 멈춘다
여기 이 구름들과 끝이 없는 넓은 강물들
어떤 섬세하고 불타는 삶을 나는 가지려고 했었다
그리고 그것을 가졌었다, 그렇다, 다만 그것들은
얼마나 하찮았던가, 여기 이 붉은 잎, 붉은 잎들
허공에 떠가는 더 많은 붉은 잎들
바람도 자고 물도 맑은 날에
외로움이 구름들을 끌어당기는 곳
그것들은 멀리 있다, 더 멀리에
그리고 때로는 걷잡을 수 없는 흐름이
그것들을 겨울 하늘 위에 소용돌이치게 하고
순식간에 차가운 얼음 위로 끌어 내린다

시월 새벽

1

시월이 왔다
새벽이 문지방을 넘어와
차가운 손으로 이마를 만진다
언제까지 잠들어 있을 것이냐고
개똥지빠귀가 나무를 흔든다

2

시월이 왔다
여러 해 만에
평온한 느낌 같은 것이 안개처럼 감싼다
산모퉁이에선 인부들이 새 무덤을 파고
죽은 자는 아직 도착하지 않았다

3

나는 누구인가
저 서늘한 그늘 속에서
어린 동물의 눈처럼 나를 응시하는 것은
무엇인가
어디 그것을 따라가 볼까

4

또다시 시월이 왔다
아무도 침범할 수 없는 침묵이
눈을 감으면 밝아지는
빛이 여기에 있다

5

잎사귀들은 흙 위에 얼굴을 묻고

이슬 얹혀 팽팽해진 거미줄들
한때는 냉정하게 마음을 먹으려고 노력한 적이 있었다

그럴수록 눈물이 많아졌다
이슬 얹힌 거미줄처럼
내 온 존재에 눈물이 가득 걸린 적이 있었다

6

시월 새벽, 새 한 마리
가시덤불에 떨어져 죽다
어떤 새는
죽을 때 가시덤불에 몸을 던져
마지막 울음을 토해 내고 죽는다지만
이 이름 없는 새는 죽으면서
무슨 울음을 울었을까

7

시월이 왔다

구름들은 빨리 지나가고

곤충들에게는 더 많은 식량이 필요하리라

곧 모든 것이 얼고

나는 얼음에 갇힌 불꽃을 보리라

산안개

　나에게 길고 긴 머리카락이 있다면 저 산안개처럼 넉넉히 풀
어헤쳐
　당신을 감싸리라

새와 나무

여기 바람 한 점 없는 산속에 서면
나무들은 움직임 없이 고요한데
어떤 나뭇가지 하나만 흔들린다
그것은 새가
그 위에 날아와 앉았기 때문이다
별일 없이 살아가는 뭇사람들 속에서
오직 나만 홀로 흔들리는 것은
당신이
내 안에 날아와 앉았기 때문이다
새는 그 나뭇가지에 집을 짓고
나무는 더 이상 흔들리지 않지만
나만 홀로 끝없이 흔들리는 것은
당신이 내 안에 집을 짓지 않은 까닭이다

구월의 이틀

소나무 숲과 길이 있는 곳
그곳에 구월이 있다 소나무 숲이
오솔길을 감추고 있는 곳 구름이 나무 한 그루를
감추고 있는 곳 그곳에 비 내리는
구월의 이틀이 있다

그 구월의 하루를
나는 숲에서 보냈다 비와
높고 낮은 나무들 아래로 새와
저녁이 함께 내리고 나는 숲을 걸어
삶을 즐기고 있었다 그러는 사이 나뭇잎들은
비에 부풀고 어느 곳으로 구름은
구름과 어울려 흘러갔으며

그리고 또 비가 내렸다
숲을 걸어가면 며칠째 양치류는 자라고
둥근 눈을 한 저 새들은 무엇인가
이 길 끝에 또 다른 길이 있어 한 곳으로 모이고

온 곳으로 되돌아가는

모래의 강물들

멀리까지 손을 뻗어 나는

언덕 하나를 붙잡는다 언덕은

손 안에서 부서져

구름이 된다

구름 위에 비를 만드는 커다란 나무

한 그루 있어 그 잎사귀를 흔들어

비를 내리고 높은 탑 위로 올라가 나는 멀리

돌들을 나르는 강물을 본다 그리고 그 너머 더 먼 곳에도

강이 있어 더 많은 돌들을 나르고 그 돌들이

밀려가 내 눈이 가닿지 않는 그 어디에서

한 도시를 이루고 한 나라를 이룬다 해도

소나무 숲과 길이 있는 곳 그곳에

나의 구월이 있다

구월의 그 이틀이 지난 다음

그 나라에서 날아온 이상한 새들이 내
가슴에 둥지를 튼다고 해도 그 구월의 이틀 다음
새로운 태양이 빛나고 빙하시대와
짐승들이 춤추며 밀려온다 해도 나는
소나무 숲이 감춘 그 오솔길 비 내리는
구월의 이틀을 본다

새는 날아가면서 뒤돌아보지 않는다

시를 쓴다는 것이
더구나 나를 뒤돌아본다는 것이
싫었다, 언제나 나를 힘들게 하는 것은
나였다
다시는 세월에 대해 말하지 말자
내 가슴에 피를 묻히고 날아간
새에 대해
나는 꿈꾸어선 안 될 것들을 꿈꾸고 있었다
죽을 때까지 시간을 견뎌야 한다는 것이 두려웠다

다시는 묻지 말자
내 마음을 지나 손짓하며 사라진 그것들을
저 세월들을
다시는 돌이킬 수 없는 것들을
새는 날아가면서
뒤돌아보는 법이 없다
고개를 꺾고 뒤돌아보는 새는
이미 죽은 새다

나무

나에게 나무가 하나 있었다
나는 그 나무에게로 가서
등을 기대고 서 있곤 했다
내가 나무여 하고 부르면 나무는
그 잎들을 은빛으로 반짝여 주고
하늘을 보고 싶다고 하면
나무는
저의 품을 열어 하늘을 보여 주었다
저녁에 내가 몸이 아플 때면
새들을 불러 크게 울어 주었다

내 집 뒤에
나무가 하나 있었다
비가 내리면 서둘러 넓은 잎을 꺼내
비를 가려 주고
세상이 나에게 아무런 의미로도 다가오지 않을 때
그 바람으로 숨으로
나무는 먼저 한숨지어 주었다

내가 차마 나를 버리지 못할 때면
나무는 저의 잎을 버려
버림의 의미를 알게 해 주었다

많은 눈을 나는 보았다

눈물로 가득한 눈

꽃잎처럼 눈물을 뚝뚝 떨구는 눈

이루지 못한 욕망에 한숨짓는 눈

눈웃음 짓는 눈

많은 눈을 나는 보았다

절망한 이의 눈

어린아이의 눈

세상을 초월한 눈

그리고 흙으로 채워진 죽은 자의 눈을 나는 보았다

장님의 움직이지 않는 눈도 보았다

짐승의 눈과 곤충의 눈

내 눈을 들여다보는 어떤 눈

어느 곳을 바라보는지 알 수 없는

미친 자의 눈도 나는 보았다

사랑할 것이 있는 눈과

사랑을 찾아 헤매는 눈

어떤 눈은 인생을 이미 다 살았고

어떤 눈은 그렇지 않다

모든 것,

모든 것을 나는 보았다

겨울의 구름들

1

겨울이 왔다
내 집 앞의 거리는 눈에 덮이고
헌 옷을 입은 자들이 지나간다
그들 중 두세 명을 나는 알고
더 많은 다른 얼굴들은 알지 못할 것 같다
나는 소리쳐 그들을 부른다 내 목소리는
그곳까지 들리지 않는다
겨울은 저 아래 길에서 보이지 않는
그 무엇에 열중해 있는 것이다

2

겨울이 왔다
내 삶은 하찮은 것이었다
밤에는 다만 등불 아래서 책을 읽고 온갖
부질없이 깊은 생각들에 사로잡힐 때

늘어뜨려진 가지, 때아닌 붉은 열매들이
머리 위에서 창을 두드리고
나는 갈 곳이 없었다
희고 창백한 얼굴로 밖을 내다보면
겨울의 구름들이
붉은 잎들과 함께 어디론가 흘러가고 있었다
나는 내 집을 떠나지 않았다
나는 홀로 있었다 등불의 심지를 들여다보며
변함없는 어떤 흐름이 갑자기 멈춘 일은
이전에도 여러 번 있었다

3

아니다, 그것이 아니었다
나는 책장에 얼굴을 묻고
잠이 들곤 했다, 겨울이 왔다
내 삶은 하찮은 것이었고
나는 오갈 데가 없었다

내 집 지붕 위로
겨울의 구름들이 흘러가는 곳
나는 침묵할 수밖에 없다
침묵할 수밖에 없는 것이다
바람은 그렇게 오래 불고 조용히 속삭이며
더 큰 물결을 내 집 뒤로 데리고 온다

옛날의 정원

여기 이 숲에 오면 둥근 나무들과 황금의 벌레들이 있고
안으로 더 들어가면 잊혀졌던 옛날의 불꽃이 있다
새들이 부리로 그 불꽃을 물어 날라
사방에서 빛이 터진다
나는 어린아이처럼 숲의 오솔길로 즐겁게 달려갔다
누군가 오래전에 이 길에서 했던 말들의
메아리가 내 뒤를 따라왔으며
나는 그 의미를 알지 못했다
삶의 고독도 청춘의 방황도 그 뒷날의 일이었다
더 늦기 전에 나는 숲을 빠져나와 집으로 돌아가야 했다
갑자기 비구름이 숲을 뒤덮고 모든 것들이
그 오솔길에서 덧없이 져버렸다
숲에서 돌아 나오며 그 옛날의 불꽃을 나는 잊었다

우리는 두 개의 물방울로 만났었다

우리는 한때
두 개의 물방울로 만났었다
물방울로 만나 물방울의 말을 주고받는
우리의 노래가 세상의 강을 깊어지게 하고
비의 여행에 지치면 쉽게
한 몸으로 합쳐질 수 있었다
사막을 만나거든
함께 구름이 되어 사막을 건널 수 있었다

그리고 한때 우리는
강가에 어깨를 기대고 서 있던 느티나무였다
함께 저녁 강에 발을 담근 채
강 아래쪽에서 깊어져 가는 물소리에 귀 기울이며
우리가 오랜 시간 하나였음을 확인할 수 있었다
바람이 불어도 함께 기울고 함께 일어섰다
번갯불의 섬광도 우리를 갈라놓지 못했다

우리는 그렇게 영원히 느티나무일 수 없었다

별들이 약속했듯이
우리는 몸을 바꿔 늑대로 태어나
늑대 부부가 되었다
아무도 가르쳐 주지 않았지만
늑대의 춤을 추었고
달빛에 드리워진 우리 그림자는 하나였다
사냥꾼의 총에 당신이 죽으면
나는 생각만으로도 늑대의 몸을 버릴 수 있었다

별들이 약속했듯이
이제 우리가 다시 몸을 바꿔 사람으로 태어나
약속했던 대로 사랑을 하고
전생의 내가 당신이었으며
당신의 전생은 나였음을
별들이 우리에게 확인시켜 주었다
그러나 당신은 왜 나를 버렸는가
어떤 번개가 당신의 눈을 멀게 했는가

이제 우리는 다시 물방울로 만날 수 없다
물가의 느티나무일 수 없고
늑대의 춤을 출 수 없다
별들의 약속을 당신이 저버렸기에
그리하여 별들이 당신을 저버렸기에

벌레의 별

사람들이 방 안에 모여 별에 대한 토론을 하고 있을 때
나는 문밖으로 나와서 풀줄기를 흔들며 지나가는
벌레 한 마리를 구경했다
까만 벌레의 눈에 별들이 비치고 있었다
그것을 사람들에게 보여 주기 위해 나는
벌레를 방 안으로 데리고 갔다
그러나 어느새 별들은 사라지고
벌레의 눈에 방 안의 전등불만 비치고 있었다
나는 다시 벌레를 풀숲으로 데려다주었다
별들이 일제히 벌레의 몸 안에서 반짝이기 시작했다

어떤 눈

이곳에 어떤 눈이 하나
있었다 나무들 사이에
양떼구름들 속에
기억나지 않는가 분명히
너는 이곳을 지나갔었다 그때
어떤 눈이
너의 삶을 지켜보고 있었다

그렇다, 이 저녁 안개 속에서 너의 삶이
천천히 흘러갔었다 그때
무엇인가
이곳에 있었다 저 뒤
저 뒤켠에서
너를, 너의 모든 것을 지켜보고 있었다
기억나지 않는가 그때는

기억도 나지 않는
어떤 생각이 너의 머리를 사로잡고 있었다

너는 일찍이 너무 많은 것을 알아 버렸다
아니, 모든 것을 알았다
그래서 네가 찾은 것은 무엇인가
저곳에서 새의 눈이
저 나무 꼭대기 위에서 너를
너의 눈을 지켜보고 있었다
어떤 눈이

십일월, 다섯 줄의 시

차가운 별
차갑고 멀어지는 별들
점점이 박힌 짐승의 눈들
아무런 소식도 보내지 않는 옛날의 애인
아, 나는 십일월에 생을 마치고 싶었다

피에 물든 소매

소매 속에 나는
구름을 넣어 갖고 다녔다
아무도 그 구름을
구름이라고 하지 않았다

소매 속에 나는
나의 심장을 넣어 갖고 다녔다
누가 그것을 무엇이라고 하든
내 소매는 심장이 내뿜는 피에 물들고
사람들은 그것을
피에 물든 소매라고 불렀다
아주 새로운 방법이라고

그토록 많은 비가

1

그토록 많은 비가 내렸구나
밤사이 강물은 내 키만큼이나 불어나고
전에 없던 흙무덤들이 산 아래 생겨났구나
풀과 나무들은 더 푸르러졌구나
집 잃은 자는
새 집을 지어야 하리라
그토록 많은 비가 내려
푸르른 힘을 몰고 어디론가 흘러갔구나
몸이 아파 누워 있는 내 머리맡에선
어느새 이 꽃이 지고 저 꽃이
피어났구나

2

그토록 많은 비가 내리는 동안
나는 떡갈나무 아래 선 채로 몸이 뜨거웠었다

무엇이 이곳을 지나 더 멀리 흘러갔는가
한번은 내 삶의 저편에서 무슨 일이
일어났는가
모든 것이 변했지만
또 하나도 변하지 않은 것이 있었다
그리고 한번은 이보다 더 큰 떡갈나무가
밤에 비를 맞으며 내 안으로 걸어 들어온 적이 있었다
그리하여 내 생각은 얼마나 더 깊어지고
떡갈나무는 얼마나 더 풍성해졌는가

3

길을 잃을 때면
달팽이의 뿔이 길을 가르쳐 주었다
때로는 빗방울이
때로는 나무 위의 낯선 새가
모두가 스승이었다
달팽이의 뿔이 가리키는 방향을 따라

나는 먼 나라 인도에도 다녀오고
그곳에선 걸인과 도둑과 수도승들이
또 내게 길을 가르쳐 주었다
내가 병들어 갠지스 강가에 쓰러졌을 때
뱀 부리는 마술사가 독을 먹여
삶이 한 폭의 환상임을 보여 주었다
그 이후 영원히 나는 입맛을 잃었다

4

그때 어떤 거대한 새가 날개를 펼치고
빗속을 날아갔다
밤이었다
내가 불을 끄고 눕자
새의 날개가 내 집 지붕을 덮어 주었다
그러고 나서도 오랫동안
비가 내렸다
나는 병이 더 깊어졌다

봄비 속을 걷다

봄비 속을 걷다
아직 살아 있음을 확인한다
봄비는 가늘게 내리지만
한없이 깊이 적신다
죽은 라일락 뿌리를 일깨우고
죽은 자는 더 이상 비에 젖지 않는다
허무한 존재로 인생을 마치는 것이
나는 두려웠다
봄비 속을 걷다
승려처럼 고개를 숙인 저 산과
언덕들
집으로 들어가는 달팽이의 뿔들
구름이 쉴 새 없이 움직인다는 것을
비로소 알고
여러 해 만에 평온을 되찾다

그만의 것

외딴집에 홀로 사는 남자
침묵은 그의 것
오후의 나른함과 권태는
그의 어깻죽지에서 피어오르고
한두 시간쯤 시간을 내어 그가 산책하는 길에는
잎사귀가 넓은 붉은 꽃들이 피어 있다
붉은 꽃들

그의 그림자는 그의 것
반항하지 않으며
그가 좋아하는 엉겅퀴풀들
엉켜 있는 뿌리들
시간의 얼룩들 위를 지나

나와 가끔 마주치기도 하는 남자
태양은 등 뒤에서
그의 뇌를 미지근하게 부풀린다
둥글고 딱딱한 것

열에 들뜬 열매들
좁고 가파른 돌길을 걸어 내려와
내가 한쪽으로 비켜섰을 때
내 발 앞을 지나쳐 간 남자

그의 시간은
그만의 것
그가 꿈꾸는 것과 위험한 생각들도
그만의 것

그가 비탈을 걸어 내려갈 때
그의 발이 굴려 떨어뜨리는 흙은
비탈에게 한 세계를 준다

그는 왜 모자를 썼을까
왜 모자로 얼굴의 반을 가리고 있을까
그는 살아가는 일보다 꿈꾸는 일이 더 두렵다
나는 그것을 안다

홀로 사는 남자
이따금 한 번도 내려가 보지 않은
강 아래쪽 풍경과
한낮의 수증기와
구름들에 이끌리기도 하지만
오후에 한두 시간쯤 시간을 내어 그는
어느 곳에 이른다

그의 삶은 그의 것
그가 이르는 곳에는 그만이 서 있다
꽃들의 그림자
그림자가 감추고 있는 그림자
산책하는 이들의 발길을 비웃는
비탈길에서 그는 미끄러진다
미끄러져 내린다

내가 걷는 강 아래쪽으로 떠내려온 남자
죽음은 그의 것

햇빛을 피해 얼굴을 물속에 처박고
뒤통수에 앉아 있는 검은 물잠자리도
그의 것
이미 그는 알 수 없는 곳에 가 있고
알 수 없는 그만의 것에
이끌려 있다

슬픔에게 안부를 묻다

너였구나

나무 뒤에 숨어 있던 것이

인기척에 부스럭거려 여우처럼 나를 놀라게 하는 것이

슬픔, 너였구나

나는 이 길을 조용히 지나가려 했었다

날이 저물기 전에

서둘러 이 겨울 숲을 떠나려고 했었다

그런데 그만 너를 깨우고 말았다

내가 탄 말도 놀라서 사방을 두리번거린다

숲 사이 작은 강물도 울음을 죽이고

잎들은 낮은 곳으로 모인다

여기 많은 것들이 사라졌지만

또 그대로인 것이 있다

한때 이곳에 울려 퍼지던 메아리의 주인들은

지금 어디에 있는가

나무들 사이를 오가는 흰 새의 날개 같던

그 눈부심은

박수 치며 날아오르던 그 세월들은

너였구나

이 길 처음부터 나를 따라오던 것이

서리 묻은 나뭇가지 흔들어 까마귀처럼 놀라게 하는 것이

너였구나

나는 그냥 지나가려 했었다

서둘러 말을 타고 겨울 숲과 작별하려 했었다

그런데 그만 너에게 들키고 말았구나

슬픔, 너였구나

거미

거미의 계절이 왔다
오월과 유월 사이
해와 그늘의 다툼이 시작되고
거미가 사방에 집을 짓는다

이상하다 거미줄을 통해 내 삶을 바라보는 것은
한때 내가 바라던 것들은
거미줄처럼 얽혀 있고 그 중심점에
거미만이 고독하게 매달려 있다

돌 위에 거미의 그림자가 흔들린다
나는 한낮에 거미 곁을 지나간다
나에게도 거미와 같은 시절이 있었다
거미, 네가 헤쳐 나갈 외로운 시간들에 대해
나는 아무것도 알지 못한다

거미에게 나는 아무 말 하지 않는다
다만 오월과 유월 사이

내 안의 거미를 지켜볼 뿐
모든 것으로부터 달아난다 해도
나 자신으로부터는 달아날 수 없는 것

나는 해를 배경으로 거미를 바라본다
내가 삶에서 깨달은 것은 무엇이고
또 깨닫지 못한 것은 무엇인가
거미는 언제나 내 곁에 있었다
내가 그것을 알아차리지 못했을 때도
거미는 해를 등진 채 분주히 집을 짓고 있었다

태양에게 바치는 이력서

1

나 태양에게 고백할 것이 있다
한때 나는 최고의 시인을 꿈꾸었으나
화살 맞은 독수리처럼 추락했다
시인이 될 권리를 갖고 태어나
열 살부터 다락방에서 우주를 꿈꾸었으나
구름들이 몰려와 내 둥지를 감춰 버렸다
그리하여 나 삼류시인처럼 거리를 헤매며
수년간 시를 잊고 살았다
누군가가 세상의 등록 장부에서
내 이름 석 자를 지워 버렸다

2

나 태어나는 날 태양은 일식을 시작하고
꼬리가 여러 개인 별똥별이 날아와
점치는 여자의 눈에 박혀 버렸다

눈먼 여자의 예언에 의할 것 같으면
내 삶을 지배하는 것은
어둠이었다
태양이여, 내 눈을 멀게 하렴
꿈꾸어선 안 될 것들을 꿈꾸지 않도록
내 눈이 본 것과 보게 될 것들을 그리워하지 않도록
태양이여, 내 눈에게 말하렴
눈먼 자의 지혜를
진정으로 볼 것을 보고 있는 자의 지혜를

3

눈먼 여자가 나를 따라왔다
눈먼 늙은 여자가 골목을 지나
나를 따라왔다
태양은 또다시 일식을 준비하고 있다

눈 위에 쓴 시

누구는 종이 위에 시를 쓰고
누구는 사람 가슴에 시를 쓰고
누구는 자취 없는 허공에 대고 시를 쓴다지만
나는 십이월의 눈 위에 시를 쓴다
눈이 녹아 버리면 흔적도 없이 사라질
나의 시

1992~1996

소금

소금이
바다의 상처라는 걸
아는 사람은 많지 않다
소금이
바다의 아픔이라는 걸
아는 사람은 많지 않다
세상의 모든 식탁 위에서
흰 눈처럼 소금이 떨어져 내릴 때
그것이 바다의 눈물이라는 걸
아는 사람은 많지 않다
그 눈물이 있어
이 세상 모든 것이
맛을 낸다는 것을

지금은 그리움의 덧문을 닫을 시간

세상을 잊기 위해 나는
산으로 가는데
물은 산 아래
세상으로 내려간다
버릴 것이 있다는 듯
버리지 않으면 안 되는 것이 있다는 듯
나만 홀로 산으로 가는데

채울 것이 있다는 듯
채워야 할 빈자리가 있다는 듯
물은 자꾸만
산 아래 세상으로 흘러간다

지금은 그리움의 덧문을 닫을 시간
눈을 감고
내 안에 앉아
빈자리에 그 반짝이는 물 출렁이는 걸
바라봐야 할 시간

나비

달이 지구로부터 달아날 수 없는 것은
지구에 달맞이꽃이 피었기 때문이다
지구가 태양으로부터 달아날 수 없는 것은
이제 막 동그라미를 그려 낸
어린 해바라기 때문이다

아침에 눈을 뜨면 세상은
나비 한 마리로 내게 날아온다
내가 삶으로부터 달아날 수 없는 것은
너에 대한 그리움 때문
지구가 나비 한 마리를 감추고 있듯이
세상이 내게서
너를 감추고 있기 때문

파도가 바다로부터 달아날 수 없는 것은
그 속에서 장난치는 어린 물고기 때문이다
바다가 육지로부터 달아날 수 없는 것은
모래에 고개를 묻고 한 치 앞의 생을 꿈꾸는

늙은 해오라기 때문이다

아침에 너는 나비 한 마리로
내게 날아온다
달이 지구로부터 달아날 수 없는 것은
나비의 그 날갯짓 때문
지구가 태양으로부터 달아날 수 없는 것은
너에 대한 내 그리움 때문

외눈박이 물고기의 사랑

외눈박이 물고기처럼 살고 싶다
외눈박이 물고기처럼
사랑하고 싶다
두눈박이 물고기처럼 세상을 살기 위해
평생을 두 마리가 함께 붙어 다녔다는
외눈박이 물고기 비목처럼
사랑하고 싶다

우리에게 시간은 충분했다 그러나
우리는 그만큼 사랑하지 않았을 뿐
외눈박이 물고기처럼
그렇게 살고 싶다
혼자 있으면
그 혼자 있음이 금방 들켜 버리는
외눈박이 물고기 비목처럼
목숨을 다해 사랑하고 싶다

* 비목比目 – 당나라 시인 노조린의 시에 나오는 물고기

빵

내 앞에 빵이 하나 있다
잘 구워진 빵
적당한 불길을 받아
앞뒤로 골고루 익혀진 빵
그것이 어린 밀이었을 때부터
태양의 열기에 머리가 단단해지고
덜 여문 감정은
바람이 불어와 뒤채이게 만들었다
그리고 또 제분기가 그것의
아집을 낱낱이 깨뜨려 놓았다
나는 너무 한쪽에만 치우쳐 살았다
저 자신만 생각하느라
제대로 익을 겨를이 없었다

내 앞에 빵이 하나 있다
속까지
잘 구워진 빵

신비의 꽃을 나는 꺾었다

세상의 정원으로 나는 걸어 들어갔다
정원 한가운데 둥근
화원이 있고 그 중심에는
꽃 하나가 피어 있었다

그 꽃은 마치 빛과 같아서
한번 쳐다보는 것만으로도 눈이 부셨다
나는 둘레에 핀 꽃들을 지나
중심에 있는
그 꽃을 향해 나아갔다

한낮이었다, 그 길이 무척 멀게 느껴졌다
나는 서둘러야만 했다
누구의 화원인지는 모르지만
그 순간 그것은
나를 향해 저의 세계를
열어 보이는 듯했다

밝음의 한가운데로 나는 걸어갔다
그리고 빛에 눈부셔 하며

신비의 꽃을 꺾었다
그 순간 나는 보았다 갑자기
화원 전체가 빛을 잃고
폐허로 변하는 것을

둘레의 꽃들은 생기를 잃은 채 쓰러지고
내 손에 들려진 신비의 꽃은
아주 평범한
시든 꽃에 지나지 않았다

패랭이꽃

살아갈 날들보다
살아온 날이 더 힘들어
어떤 때는 자꾸만
패랭이꽃을 쳐다본다
한때는 많은 결심을 했었다
타인에 대해
또 나 자신에 대해
나를 힘들게 한 것은
바로 그런 결심들이었다
이상하지 않은가 삶이란 것은
자꾸만 눈에 밟히는
패랭이꽃
누군가에게 무엇으로 남길 바라지만
한편으론 잊혀지지 않는 게 두려워
자꾸만 쳐다보게 되는
패랭이꽃

별에 못을 박다

어렸을 때 나는
별들이 누군가 못을 박았던
흔적이 아닐까 하고
생각했었다

별들이 못구멍이라면
그건 누군가
아픔을 걸었던 자리겠지

질경이

그것은 갑자기 뿌리를 내렸다, 뽑아낼 새도 없이
슬픔은
질경이와도 같은 것
아무도 몰래 영토를 넓혀
다른 식물의 감정들까지 건드린다

어떤 사람은 질경이가
이기적이라고 말한다
서둘러 뽑아 버릴수록 좋다고
그냥 내버려 두면 머지않아
질경이가
정원을 망가뜨린다고

그러나 아무도 질경이를 거부할 수 없으리라
한때 나는 삶에서
슬픔에 의지한 적이 있었다
여름이 힘들고 외로웠을 때
내 곁에는 아무도 없었다 오직

슬픔만이 있었을 뿐

질경이의 이마 위로
여름의 태양이 지나간다
질경이는 내게
단호한 눈짓으로 말한다
자기 자신으로부터, 또 타인으로부터
얼마만큼 거리를 두라고

얼마나 많은 날을
내 안에서 방황했던가
팔월의 해시계 아래서
나 자신을 껴안고
질경이의 영토를 지나왔다
여름의 그토록 무덥고 긴 날에

나무는

나무는
서로에게 가까이 다가가지 않기 위해
얼마나 애를 쓰는 걸까
그러나 굳이 바람이 불지 않아도
그 가지와 뿌리는 은밀히 만나고
눈을 감지 않아도
그 머리는 서로의 어깨에 기대어 있다

나무는
서로의 앞에서 흔들리지 않기 위해
얼마나 애를 쓰는 걸까
그러나 굳이 누가 와서 흔들지 않아도
그 그리움은 저의 잎을 흔들고
몸이 아프지 않아도
그 생각은 서로에게 향해 있다

나무는
저 혼자 서 있기 위해

얼마나 애를 쓰는 걸까

세상의 모든 새들이 날아와 나무에 앉을 때

그 빛과

그 어둠으로

저 혼자 깊어지기 위해 나무는

얼마나 애를 쓰는 걸까

꽃등

누가 죽었는지
꽃집에 등이 하나 걸려 있다
꽃들이 저마다 너무 환해
등이 오히려 어둡다, 어둔 등 밑을 지나
문상객들은 죽은 자보다 더 서둘러
꽃집을 나서고
살아서는 마음의 등을 꺼뜨린 자가
죽어서 등을 켜고
말없이 누워 있다
때로는 사랑하는 순간보다 사랑이 준 상처를
생각하는 순간이 더 많아
지금은 상처마저도 등을 켜는 시간

누가 한 생애를 꽃처럼 저버렸는지
등 하나가
꽃집에 걸려 있다

지상에서 잠시 류시화라 불리웠던

무릎까지 바지를 걷어 올리고
별들이 가득 내린 강을 건너다가
그만 별에 발을 찔렸습니다
지금은 집에 돌아와
그 옛날 내가 떠나온 별에게
긴 편지를 씁니다 어떤 영혼은
별에서 왔다는
별에서 와서 고독하다는
그 말을 내 집 지붕에 얹어 둡니다
짧은 지상의 삶과는
다른 삶이 있다는 것을
나는 잊지 않았습니다
내가 띄운 편지 그 별에 가닿았는지
내 집 지붕 위에서
별 하나 흔들립니다

새들은 우리 집에 와서 죽다

새는 공중을 나는 동안 대기를
거의 누르지도 않았다
그러나 오월의 하루 동안 새가
우리 집 지붕 위를 맴돌다가
갑자기 집 뒤의 빈터로 추락했을 때
나는 지구가 한쪽으로 기우뚱해지는 것을 느꼈다

마치 새를 떠받치고 있던
어떤 손이 치워지기라도 한 듯
새가 수직으로 빈터의 민들레밭에 내리꽂히자
우리 집 식탁이 기울고
식탁에 놓인 오후의 찻잔이 기울고
순간적으로 찻잔의 물이 엎질러졌다

죽음의 무게가 결코 가볍지 않다고 말하려는 듯
추락한 새의 무게는
우리 집 뒤의 민들레밭을 누르고
민들레밭은 다시 도시 전체를 누르고

도시는 또다시 도시들로 가득한 세상 전체를 눌렀다
그렇게 해서 잠시 세상의 무게 중심이
한 마리의 새의 죽음의 무게로 이동하는 것을 나는 느꼈다

마치 세상의 모든 새들이 그날 오후
우리 집 빈터에 와서 추락하기라도 한 듯
그리고 세상의 모든 날개들을 떠받치고 있던
어떤 손이 갑자기 치워지기라도 한 듯
지구의 중심이 우리 집
민들레의 빈터로
기우뚱하고 이동하는 것을 나는 느꼈다

여행자를 위한 서시

날이 밝았으니 이제

여행을 떠나야 하리

시간은 과거의 상념 속으로 사라지고

영원의 틈새를 바라본 새처럼

길 떠나야 하리

다시는 돌아오지 않으리라

그냥 저 세상 밖으로 걸어가리라

한때는 불꽃 같은 삶과 바람 같은 죽음을 원했으니

새벽의 문 열고

여행길 나서는 자는 행복하여라

아직 잠들지 않은 별 하나가

그대의 창백한 얼굴을 비추고

그대는 잠이 덜 깬 나무들 밑을 지나

지금 막 눈을 뜬 어린 뱀처럼

홀로 미명 속을 헤쳐가야 하리

이제 삶의 몽상을 끝낼 시간

순간 속에 자신을 유폐시키는 일도 이제 그만

종이꽃처럼 부서지는 환영에

자신을 묶는 일도 이제는 그만
날이 밝았으니 불면의 베개를
머리맡에서 빼내야 하리
오, 아침이여
거짓에 잠든 세상 등 뒤로 하고
깃발 펄럭이는 영원의 땅으로
홀로 길 떠나는 아침이여
아무것도 소유하지 않은 자
혹은 충분히 사랑하기 위해 길 떠나는 자 행복하여라
그대의 영혼은 아직 투명하고
사랑함으로써 그것 때문에 상처 입기를 두려워하지 않으리
그대가 살아온 삶은
그대가 살지 않은 삶이니
이제 자기의 문에 이르기 위해 그대는
수많은 열리지 않는 문들을 두드려야 하리
자기 자신과 만나기 위해 모든 이정표에게
길을 물어야 하리
길은 또 다른 길을 가리키고

세상의 나무 밑이 그대의 여인숙이 되리라
별들이 구멍 뚫린 담요 속으로 그대를 들여다보리라
그대는 잠들고 낯선 나라에서
모국어로 꿈을 꾸리라

물안개

세월이 이따금 나에게 묻는다
사랑은 그 후 어떻게 되었느냐고
물안개처럼
몇 겹의 인연이라는 것도
아주 쉽게 부서지더라

고구마에게 바치는 노래

고구마여

고구마여

나는 이제 너를 먹는다

너는 여름 내내 땅속에서 감정의 농도를 조절하며

태양의 초대를 점잖게 거절했다

두더지들은 너의 우아한 기품에 놀라

치아를 하얗게 닦지 않고서는

네 앞에 나타나지 않았다

그때도 너는 네 몸의 일부분만을 허락했을 뿐

하지만 이제는 온 존재로

내 앞에 너 자신을 드러냈다

남자 고구마여

여자 고구마여

나는 두 손으로 너를 감싼다

네가 진흙 속에서 숨 쉬고 있을 때

세상은 따뜻했다

나는 네가 없으면 겨울을 어떻게 보내야 할지 막막하다

쌀과 빵만으로 목숨을 연명한다는 것은
생각만으로도 슬픈 일

어떻게 네가 그 많은 벌레들의 유혹을 물리치고
돌투성이의 흙을 당분으로 바꾸는지
그저 놀랍기만 하다

고구마여, 나는 너처럼 살고 싶다
삶에서 너처럼 오직 한 가지 대상만을 찾고 싶다
고구마여
우리가 외로울 때 먹었던 고구마여
우리는 어디서 왔으며 무엇이고
어디로 가는가

우리는 결국 무의 세계로 돌아갈 것인가
그러나 내 앞에는 고구마가 있다
생명은 결코 사라지지 않는 것이라고
너는 말하는 듯하다

모습은 바뀌어도 우리 모두는
언제까지나 우리 모두의 곁에 있는 것이라고
아무것도 죽지 않는다고

그렇다, 나는 모든 길들을 다 따라가 보진 않았다
모든 사물에 다 귀 기울이진 않았다
그러나 나는 감히 대지의 신에게 말한다
세상에서 모든 것이 사라진다 해도
고구마여, 너만 내 곁에 있어 준다면
희망은 나의 것이라고

나무의 시

나무에 대한 시를 쓰려면 먼저

눈을 감고

나무가 되어야지

너의 전 생애가 나무처럼 흔들려야지

해 질 녘 나무의 노래를

나무 위에 날아와 앉는

세상의 모든 새를

너 자신처럼 느껴야지

네가 외로울 때마다

이 세상 어딘가에

너의 나무가 서 있다는 걸

잊지 말아야지

그리하여 외로움이 너의 그림자만큼 길어질 때

해 질 녘 너의 그림자가 그 나무에 가닿을 때

너는 비로소 나무에 대해 말해야지

그러나 언제나 삶에 대해 말해야지

그 어떤 것도 말고

첫사랑

이마에 난 흉터를 묻자 넌
지붕에 올라갔다가
별에 부딪친 상처라고 했다

어떤 날은 내가 사다리를 타고
그 별로 올라가곤 했다
내가 시인의 사고방식으로 사랑을 한다고
넌 불평을 했다
희망 없는 날을 견디기 위해서라고
난 다만 말하고 싶었다

어떤 날은 그리움이 너무 커서
신문처럼 접을 수도 없었다

누가 그걸 옛 수첩에다 적어 놓은 걸까
그 지붕 위의
별들처럼
어떤 것이 그리울수록 그리운 만큼

거리를 갖고 그냥 바라봐야 한다는 걸

짧은 노래

벌레처럼
낮게 엎드려 살아야지
풀잎만큼의 높이라도 서둘러 내려와야지
벌레처럼 어디서든 한 철만 살다 가야지
남을 아파하더라도
나를 아파하지는 말아야지
다만 무심해야지
울 일이 있어도 벌레의 울음만큼만 울고
허무해도
벌레만큼만 허무해야지
죽어서는 또
벌레의 껍질처럼 그냥 버려져야지

소금별

소금별에 사는 사람들은
눈물을 흘릴 수 없지
눈물을 흘리면
소금별이 녹기 때문
소금별 사람들은
눈물을 감추려고 자꾸만
눈을 깜박이지
소금별이 더 많이 반짝이는 건
그 때문이지

저녁의 꽃들에게

연필이 없다면 난
손가락으로
모래 위에 시를 쓰리라

내게서 손가락이 사라진다면
입술로
바람에게 시를 쓰리라

입술마저 내게서 가 버린다면 난
내 혼으로
허공에다 시를 쓰리라

내 혼이 어느 날 떠나간다면
아, 그런 일은 없으리라
난 아직 살아 있으니까

서시
−어느 인도 시인의 시를 다시 씀

누가 나에게
옷 한 벌을 빌려주었는데
나는 그 옷을
평생 동안 잘 입었다
때로는 비를 맞고
햇빛에 색이 바래고
바람에 어깨가 남루해졌다
때로는 눈물에 소매가 얼룩지고
웃음에 흰 옷깃이 나부끼고
즐거운 놀이를 하느라
단추가 떨어지기도 했다
나는 그 옷을 잘 입고
이제 주인에게 돌려준다

히말라야의 새

히말라야 기슭

만년설이 바라보이는 해발 이천오백 미터

고지대의 한적한 마을에서

한낮의 햇살이 매서운 눈처럼 쏘아보는 곳에서

나는 보았다

늙은 붉은머리 독수리 한 마리

먹이를 찾아 천천히 공중을 선회하다가

까마귀 몇 마리에게 습격당하는 것을

원래는 자신의 영토였으나

이제는 까마귀들의 하늘이 된 곳에서

홀로 고독하게 날던 붉은머리 독수리

까마귀들의 집중 공격에 잠시 균형을 잃고

마을의 지붕들 위로 추락할 뻔했다

그러나 붉은머리 독수리는 초연하게 피할 뿐

까마귀들에 맞서 싸우려 하지 않았다

히말라야 고산지대

만년설의 흰 눈을 배경으로
더욱 검고 탐욕스러워 보이는 까마귀들은
늙은 붉은머리 독수리를 얕잡아 보고
사방에서 겁 없이 덤벼들었다 그때
나는 보았다
독수리의 눈빛이 한순간 흰 눈에 반사되는 것을

그러나 늙은 독수리는 이내 평정을 되찾고
한 바퀴 공중을 선회할 뿐
까마귀들을 공격하지 않았다

한낮의 태양이 매서운 눈처럼 쏘아보는 곳
원주민들이 히말라야의 새라고 부르는 붉은머리 독수리는
천천히 만년설을 향해 날아갔다
태양도 눈을 녹이지 못하는 그곳
까마귀들은 더 이상 그를 추적할 수 없었다
나 역시 그 흰 눈에 눈이 부셔서
그곳을 오래도록 바라보고 있을 수가 없었다

저편 언덕

슬픔이 너를 부를 때
고개를 돌리고
쳐다보라
세상의 어떤 것에도 의지할 수 없을 때
그 슬픔에 기대라
저편 언덕처럼
슬픔이 손짓할 때
그곳으로 걸어가라
세상의 어떤 의미에도 기댈 수 없을 때
저편 언덕으로 가서
너 자신에게 기대라
슬픔에 의지하되
슬픔의 소유가 되지 말라

그건 바람이 아니야

내가 널 사랑하는 것
그건 바람이 아니야

불 붙은 옥수수밭처럼
내 마음을 흔들며 지나가는 것
그건 바람이 아니야

내가 입속에 혀처럼 가두고
끝내 하지 않은 말
그건 바람이 아니야

내 몸속에 들어 있는 혼
가볍긴 해도 그건 바람이 아니야

물쥐에게 말을 가르치며

만일 내가 물쥐라면
그렇게 물 밖으로 코를 내민 채
삶을 냄새 맡지는 않으리라
물쥐란 놈은 재빠르다
수면에 올라와 어떤 것을 눈치채고는 서둘러
물 밑으로 달아난다

유월부터 이듬해 오월까지
낮은 언덕에서부터 들판의 물웅덩이에 이르기까지
거기 어떤 것이 있어
흙을 부풀게 하고
물풀의 뿌리를 헤쳐 놓는다
밤이면 수면 위로 얼굴을 내민다

나는 언제부턴가 그것이 물쥐라는 걸 알았다
소리 없이 내 삶을
감시하는 것, 물속에서
원을 그리며 회전하는 것

때로 내 꿈속까지 몰래 들어와
잠을 설치게 하고
생각의 뿌리를 헤쳐 놓는 것

저녁에 개를 끌고 저수지 근처로 나가면
그곳에 물쥐가 있다, 나무들 사이에
물에 비친 구름들 사이에
하지만 물쥐는 언제나 혼자다
그렇다, 어떤 때는
나 역시 혼자였다

만일 내가 물쥐라면
그렇게 살아볼 새도 없이
삶을 놓쳐 버리지는 않으리라
아무것도 아닌 것에 그렇게
놀라지는 않으리라

내 집 뒤에

물쥐의 집이 있다
물쥐는 이따금 물 밖으로 걸어 나와
내 시집에 얼굴을 문지르기도 하고
코를 들어 내 삶을 냄새 맡는다

물쥐에게
내 상처받은 일에 대해
말하지는 않으리라
나는 다만 물쥐에 대한 시를 쓰고
밤이면 들판을 건너가는 물쥐의 발 빠른 이야기에
귀를 기울인다 그러고는 책상에 엎드려
잠이 든다

피로 써라

어떤 러시아 시인은 말했다
피로 써라
시를
시 같은 유서를
다만 피로 써라

나는 피로써 시를 쓰지 않는다
시가 거의 유행가처럼 되어 버린 곳에서
때로는 언어 이외의 것으로 울고 싶어지는
아, 이 무슨 삶이란 말인가

가을 유서

가을엔 유서를 쓰리라
낙엽 되어 버린 시작 노트 위에
마지막 눈 감은 새의
흰 눈꺼풀 위에
혼이 빠져나간 곤충의 껍질 위에
한 장의 유서를 쓰리라

차가운 물고기의 내장과
갑자기 쌀쌀해진 애인의 목소리 위에
하룻밤 새 하얗게 돌아선 양치식물 위에
유서를 쓰리라

파종된 채 아직 땅속에 묻혀 있는
몇 개의 둥근 씨앗들과
모래 속으로 가라앉는 바닷게의
고독한 시체 위에
앞일을 걱정하며 한숨짓는 이마 위에
가을엔 한 장의 유서를 쓰리라

가장 먼 곳에서
상처처럼 떨어지는 별똥별과
허약한 폐에 못을 박듯이 내리는 가을비와
가난한 자가 먹다 남긴 빵 껍질 위에
지켜지지 못한 채 낯선 정류장에 머물러 있는
산 자들과의 약속 위에
한 장의 유서를 쓰리라

가을이 오면 내 애인은
내 시에 등장하는 곤충과 나비들에게
이불을 덮어 주고
큰곰별자리에 둘러싸여 내 유서를
소리 내어 읽으리라

사랑의 기억이 흐려져 간다

시월의 빛 위로
곤충들이 만들어 놓은
투명한 탑 위로
이슬 얹힌 거미줄 위로
사랑의 기억이 흐려져 간다

가을 나비들의 날갯짓
첫눈 속에 파묻힌
생각들
지켜지지 못한
많은 약속들 위로
사랑의 기억이 흐려져 간다

한때는 모든 것이
여기에 있었다, 그렇다, 나는
삶을 불태우고 싶었다
다른 모든 것이 하찮은 것이 되어 버릴 때까지
다만 그것들은 얼마나 빨리

내게서 멀어졌는가

사랑의 기억이 흐려져 간다
여기, 거기, 그리고 모든 곳에
멀리, 언제나 더 멀리에

말해봐
이 모든 것들 위로
넌 아직도 내 생각을 하고 있는가

전화를 걸고 아무 말도 하지 않는 사람에게

당신은 마치 외로운 새 같다 긴 말을 늘어놓지만
결국 아무 말도 하지 않는 것이나 마찬가지니까
당신은 한겨울의 저수지에 가 보았는가 그곳에는
침묵이 있다
억새풀 줄기에
마지막 집을 짓는 곤충의 눈에도 침묵이 있다
그러나 당신의 침묵은 다르다
삶에서 정말 중요한 것은 누구도
말할 수 없는 법
누구도 요구할 수 없는 삶
그렇다, 나 또한 갑자기 어떤
깨달음을 얻곤 했었다 그러나 그것들은 정작
누구에게도 말할 수 없었다
생각해 보라, 당신도 한때 사랑을 했었다 그때
당신은 머릿속에 불이 났었다
하지만 지금 당신은 외롭다
당신은 생의 저편에 서 있다
그 그림자가 지평선을 넘어 전화선을 타고

내 집 지붕 위에 길게 드리워진다

겨울날의 동화

1969년 겨울, 일월 십일 아침, 여덟시가 조금 지날
무렵이었다 그날은 내 생일이었다 그리고
마당 가득 눈이 내렸다
내가 아직 이불 속에 있는데
엄마가 나를 소리쳐 불렀다
눈이 이렇게 많이 왔는데 넌 아직도
잠만 자고 있니! 나는 눈을 부비며 마당으로 나왔다
나는 이제 열 살이었다 버릇없는 새들이 담장 위에서
내가 늦잠 잔 걸 갖고 입방아를 찧어댔다
외박 전문가인 지빠귀새는 내 눈길을 피하려고
일부러 고개를 갸우뚱거렸다 눈은 이미 그쳤지만
신발과 지붕들이 눈에 덮여 있었다

나는 아무도 밟지 않은 눈 위를 걸어 집 뒤의
언덕으로 올라갔다 그곳에
붉은 열매들이 있었다
가시나무에 매달린 붉은 열매들
그때 내 발자국 소리를 듣고

가시나무에 앉은 텃새들이 비명을 질렀다
그 순간에는 미처 깨닫지 못했지만 그때 나는 갑자기
어떤 걸 알아 버렸다 그것이 무엇인지는 알 수 없지만
어떤 것이 내 생각 속으로 들어왔다
내 삶을 지배하게 될 어떤 것이
작은 붉은 열매와도 같은 어떤 것이 나를
내 생각을 사로잡아 버렸다

그 후로 오랫동안
나는 겨울의 마른 열매들처럼
바람 하나에도 부스럭거렸다

언덕 위에서는 멀리
저수지가 보였다 저수지는 얼고 그 위에
하얗게 눈이 덮여 있었다
그때 누군가 소리쳤다
저 붉은 잎들 좀 봐, 바람에 날려가는! 저수지 위에 흩날리는
붉은 잎들! 흰 눈과 함께 붉은 잎들이

어디론가 날려가고 있었다 그것들은 그해 겨울의
마지막 남은 나뭇잎들이었다

1997~2012

바람의 찻집에서

바람의 찻집에 앉아

세상을 바라보았지

긴 장대 끝에서 기도 깃발은 울고

구름이 우려낸 차 한 잔을 건네받으며

가장 먼 데서 날아온 새에게

집의 안부를 물었지

나 멀리 떠나와 길에서

절반의 생을 보내며

이미 떠나간 것들과 작별하는 법을 배웠지

가슴에 둥지를 틀었다 날아간 날개들에게서

손등에서 녹는 눈발들과

주머니에 넣고 오랫동안 만지작거린 불꽃의 씨앗들로

모든 것이 더 진실했던 그때

어린 뱀의 눈을 하고

해답을 구하기 위해 떠났으나

소금과 태양의 길 위에서 이내

질문들이 사라졌지

때로 주머니에서 꺼낸 돌들로 점을 치면서

해탈은 멀고 허무는 가까웠지만

후회는 없었지

탄생과 죽음의 소식을 들으며

어떤 계절의 중력도 거부하도록

다만 영혼을 가볍게 만들었지

찰나의 순간

별똥별의 빗금보다 밝게 빛나는 깨달음도 있었으나

빛과 환영의 오후를 지나

가끔은 황혼과 바람뿐인 찻집에서 차를 마시며

생의 지붕들을 내려다보고

고독할 때면 별의 문자를 배웠지

누가 어둔 곳에 저리도 많은 상처를 새겼을까

그것들은 폐허에 핀 꽃들이었지

그러고는 입으로 불어 별들을 끄고

잠이 들었지

봉인된 가슴속에 옛사랑을 가두고

외딴 행성 바람의 찻집에서

옹이

흉터라고 부르지 말라
한때는 이것도 꽃이었으니
비록 빨리 피었다 졌을지라도
상처라고 부르지 말라
한때는 눈부시게 꽃물을 밀어 올렸으니
비록 눈물로 졌을지라도

죽지 않을 것이면 살지도 않았다
떠나지 않을 것이면 붙잡지도 않았다
침묵할 것이 아니면 말하지도 않았다
부서지지 않을 것이면, 미워하지 않을 것이면
사랑하지도 않았다

옹이라고 부르지 말라
가장 단단한 부분이라고
한때는 이것도 여리디여렸으니
다만 열정이 지나쳐 단 한 번 상처로
다시는 피어나지 못했으니

돌 속의 별

돌의 내부가 암흑이라고 믿는 사람은

돌을 부딪쳐 본 적이 없는 사람이다

돌 속에 별이 갇혀 있다는 것을 모르는 사람이다

돌이 노래할 줄 모른다고 여기는 사람은

저물녘 강의 물살이 부르는 돌들의 노래를

들어 본 적이 없는 사람이다

그 노래를 들으며 울어 본 적이 없는 사람이다

돌 속으로 들어가기 위해서는 물이 되어야 한다는 것을

아직 모르는 사람이다

돌이 차갑다고 말하는 사람은

돌에서 울음을 꺼내 본 적이 없는 사람이다

그 냉정이 한때 불이었다는 것을 잊은 사람이다

돌이 무표정하다고 무시하는 사람은

돌의 얼굴을 가만히 들여다본 적이 없는 사람이다

안으로 소용돌이치는 파문을 이해하지 못하는 사람이다

그 무표정의 모순어법을

소면

당신은 소면을 삶고

나는 상을 차려 이제 막

꽃이 피기 시작한 살구나무 아래서

이른 저녁을 먹었다 우리가

이사 오기 전부터 이 집에 있어 온

오래된 나무 아래서

국수를 다 먹고 내 그릇과 자신의 그릇을

포개 놓은 뒤 당신은

나무의 주름진 팔꿈치에 머리를 기대고

잠시 눈을 감았다

그렇게 잠깐일 것이다

잠시 후면, 우리가 이곳에 없는 날이 오리라

열흘 전 내린 삼월의 눈처럼

봄날의 번개처럼

물 위에 이는 꽃과 바람처럼

이곳에 모든 것이 그대로이지만

우리는 부재하리라

그 많은 생 중 하나에서 소면을 좋아하고

더 많은 것들을 사랑하던

우리는 여기에 없으리라

몇 번의 소란스러움이 지나면

나 혼자 혹은 당신 혼자

이 나무 아래 빈 의자 앞에 늦도록

앉아 있으리라

이것이 그것인가 이것이 전부인가

이제 막 꽃을 피운

늙은 살구나무 아래서 우리는

무슨 이야기를 나누었는가

이상하지 않은가 단 하나의

육체를 가지고 있다는 것이, 아니

두 육체에 나뉘어 존재한다는 것이

우리는 어디로 가는가

영원한 휴식인가 아니면

잠깐의 순간이 지난 후의 재회인가

이 영원 속에서 죽음은 누락된 작은 기억일 뿐

나는 슬퍼하는 것이 아니다

경이로워하는 것이다

저녁의 환한 살구나무 아래서

사하촌에서 겨울을 나다

1

결린 옆구리께 돌무더기만 남은 폐사지에
한 칸 암자를 짓고
겨울을 나고 싶다
뒤꼍 대나무들 싸락눈 맞으며 산경 외는 소리 듣고 싶다
고염나무 마른 열매로 서 있는 묵은밭에
일박하고 떠난 새들
발자국의 내력 세어 보고 싶다
절 아랫마을로 내려가는 길목에서
반가사유하고 있는 햇무덤
그 번뇌를 들여다보고 싶다
병 깊어 물길 쪽으로 돌아눕는 밤
며칠째 눈 오고
마음이 오래 변방에서 젖었다
누가 어디 먼 데서 걸어온다
아무 슬플 일 없는데 이 무명의 슬픔은 어디서 오는가
아무 울 일 없는데 이 무음의 울음은 어디서 오는가

눈송이처럼 세상 속으로 내리더라도
세상과 무연한 곳에 내리고 싶다
결린 옆구리께 꽃들이 기침하는 폐사지로

2

내 사랑은 언제나 과적이었다
빙판길에 자주 갓길로 미끄러졌다
눈 내린 사하촌에서였을 것이다
사바의 눈 덮인 이불 밑에서
너를 모색했었다
그리고 우리를 감각 속에 유폐시켰었다
날마다 출가하는 부도탑 위 별들을 따라
멀고 추운 길을 걸어 그곳에 이르렀을 것이다
발목까지 푹푹 빠지는 적설
피안 못 미쳐 당도한 남루한 여인숙
창가에 알몸으로 세워 둔 촛불 글썽거리고
울음 운 것은 문풍지였나

그때 잠 못 이루고 너는 무슨 생을 헤아렸나

너는 나의 화두

너로 인해 경계가 사라지는 것을 알았다

화엄의 세계가 그곳에 있는 듯했다

이 생에 다시 너와 절 아랫마을 여인숙에 들를 수 있을까

폭설에 이 생에서조차 소식 끊긴 사랑을 내생에 어찌 만나겠는가

전생의 기억을 잊어버리고

모로 눕는 밤

눈송이들도

둘씩 짝지어 내릴 것이다

사하촌 그 여인숙 맞배지붕 위로

만났다 헤어졌다 하면서

3

겨울 멀구슬 열매는 직박구리 차지다

잔설에 각이 꺾여 눈이 부시다

물웅덩이에 비친 자작나무 그림자

너무 오래 서 있어서 다리가 아픈가

무릎을 약간 구부리고 있다

여기 불생불멸 주문 외며

소멸로 깊어지는 것들이 있다

세월 지나 이곳에 처음 와 본다

그 절 아랫마을에

일찍 도착한들 꽃이 한 걸음 먼저 와 있겠는가마는

49재 지내고 노란띠좀잠자리 날아가던 윗녘

축문 읽던 골짜기 물은 목이 잠겼다

한 열흘 지나면

산문 밖으로 만행 나갔던 봄이

소맷자락 흔들며 돌아올 것이다

이 사하촌에서

색色을 탐하던 꽃

덧없는 몸에 화인火印을 찍던 꽃

아직 불어 끄지 못하고

눈 녹자 만다라 같은 지붕들 드러난다

이 세상 마을이 다 사하촌 아니던가

여기서 며칠 누군가 기다렸다가

꽃의 뿌리 근처에 누우리

아주 아픈 기억은 옆구리께 사리탑에 묻으리

기척 들려 뒤돌아보면

어느새 큰 눈 내려 길 지워지고

눈 덮인 사하촌

절보다 먼저 적멸에 이른다

반딧불이

어머니에게 인사를 시키려고
당신을 처음 고향 마을에 데리고 간 날
밤의 마당에 서 있을 때
반딧불이 하나가
당신 이마에 날아와 앉았지

그때 나는 가난한 문학청년
나 자신도 이해 못할 난해한 시 몇 편과
머뭇거림과
그 반딧불이밖에는
줄 것이 없었지

너무나 아름답다고,
두 눈을 반짝이며 말해 줘서
그것이 고마웠지
어머니는 햇감자밖에 내놓지 못했지만
반딧불이로 별을 대신할 수는 없었지만

내가 자란 고향에서는

반딧불이가 사람에게 날아와 앉곤 했지

그리고 당신 이마에도

그래서 지금 그 얼굴은 희미해도

그 이마만은

환하게 기억 속에 남아 있지

낙타의 생

사막에 길게 드리워진

내 그림자

등에 난 혹을 보고 나서야

내가 낙타라는 걸 알았다

눈썹 밑에 서걱이는 모래를 보고서야

사막을 건너고 있음을 알았다

옹이처럼 변한 무릎을 만져 보고서야

무릎 기도 드릴 일 많았음을 알았다

많은 날을 밤에도 눕지 못했음을 알았다

자꾸 넘어지는 다리를 보고서야

세상의 벼랑 중에

마음의 벼랑이 가장 아득하다는 걸 알았다

혹이 한쪽으로 기울어져 있음을 보고서야

무거운 생을 등에 지고

흔들리며 흔들리며

사막을 건너왔음을 알았다

내가 아는 그는
—故 노무현에게 바침

내가 아는 그는

가슴에 멍 자국 같은 새 발자국 가득한 사람이어서

누구와 부딪혀도 저 혼자 피 흘리는 사람이어서

세상 속에 벽을 쌓은 사람이 아니라 일생을 벽에 문을 낸 사람이어서

물을 마시는 것이 아니라 파도를 마시는 사람이어서

밥을 먹는 것이 아니라 밥 속의 별을 먹는 사람이어서

누구도 소유할 수 없는 지평선 같은 사람이어서

그 지평선에 뜬 저녁 별 같은 사람이어서

때로 풀처럼 낮게 우는 사람이어서

고독이 저 높은 벼랑 위 눈개쑥부쟁이 닮은 사람이어서

어제로 내리는 성긴 눈발 같은 사람이어서

만 개의 기쁨과 만 개의 슬픔

다 내려놓아서 가벼워진 사람이어서

가벼워져서 환해진 사람이어서

시들기 전에 떨어진 동백이어서

떨어져서 더 붉게 아름다운 사람이어서

죽어도 죽지 않는 노래 같은 사람이어서

어머니

시가 될 첫 음절, 첫 단어를
당신에게서 배웠다

감자의 아린 맛과
무의 밑동에서 묻은 몽고반점의 위치와
탱자나무 가시로 다슬기를 뽑아 먹는 기술을
그리고 갓난아기일 때부터
울음을 멈추기 위해 미소 짓는 법을
내 한 손이 다른 한 손을 맞잡으면
기도가 된다는 것을

당신은 내게 봄 날씨처럼 변덕 많은 육체와
찔레꽃의 예민한 신경을 주었지만
강낭콩처럼 가난을 견디는 법과
서리를 녹이는 말들
질경이의 숙명을 받아들이는 법을 가르쳐 주었다

내 시는 아직도

어린 시절 집 뒤에 일군 당신의 텃밭에서 온다
때로 우수에 잠겨 당신이 바라보던 무꽃에서 오고
비만 오면 쓰러져 운다면서
당신이 일으켜 세우던 해바라기에서 오고
내가 집을 떠날 때
당신의 눈이 던지던 슬픔의 그물에서 온다

당신은 날개를 준 것만이 아니라
채색된 날개를 주었다
더 아름답게 날 수 있도록

하지만 당신의 경사진 이마에
나는 아무것도 경작할 수 없다
삶이 파 놓은 깊은 이랑에
이미 허무의 작물이 자라고 있기에

옛 수첩에는 아직

눈이 그녀의 모국어로 무엇이냐고 묻자
공작새보다 둥근 눈을 깜박이며
아크라고 했다
그 눈을 들여다보며 별을 묻자 그녀는
순다르 타라라고 했다
아름다운 별이라고
그리고 덧붙였다
밝음은 로스니, 어둠은 안데라

세 개의 모음으로 된 내 이름을 소개하고
일곱 개의 모음으로 된 그녀의 이름을 외우면서
서툰 글씨로 그 이름을 다 쓸 수 있기도 전에
우리의 만남은 끝이 났다
더 많은 모음을 가진 그녀의 아버지가
생소한 자음들을 가진 늙은 천민에게
그녀를 시집보냈고
그 후로 그녀의 소식을 알 길 없었다

나무는 페러

연못은 탈라브

운명은 바갸

작별은 비다이

당신을 사랑해가 무엇이냐고 묻자

그런 것은 말하지 않는 것이라고 했다

그냥 바라보는 것이라고

그녀는 마지막으로 피르 밀렝게라고 했지만

다시는 만날 수 없었다

여러 해가 지나서야 알게 되었다

그녀가 새로운 모음들을 가진 아이를 낳다가

세상을 떠났다는 것을

내 그리움의 수첩에는 아직 묻지 못한 단어들이

이토록 많은데

바람은 하와

비는 바리샤

그녀가 좋아하던 파란색은 닐라

가슴은 딜

슬픔은 두키

영원은 아마르

더 가까이서 깜박이며

지친 새처럼 내려오는

밝음과 어둠이 공존하는 별은

시타라

얼음 연못

얼음 풀린 연못을 보러 숲으로 갔었다

안개의 덧문을 지나

일월과 이월 안에 갇힌 새들의 발자국을 꺼내러

겨울 물고기들의 소식을 들으러

연못은 그 심장까지 얼지는 않으므로

심장까지 얼지 않기 위해 밤마다

언 몸을 추슬렀을 것이므로

움직이는 물은 그 안에

꽃의 두근거림을 지니고 있으므로

꽃의 두근거림이 언 연못을 깨우는 것이므로

저마다 가슴 안에 얼음 연못 하나씩 가지고 있으므로

허공에 찍힌 새들의 발자국을 따라갔었다

얼음 풀린 연못을 보러

모든 것 속에 갇힌 불꽃을 보러

다시 깨어나는 깊이를 보러

* '움직이는 물은 그 물속에 꽃의 두근거림을 지니고 있다'-『꿈꿀 권리』에
  서 가스통 바슐라르가 모네의 〈수련〉을 보고 한 말

만일 시인이 사전을 만들었다면

만일 시인이 사전을 만들었다면
세상의 말들이 달라졌으리라
봄은 떠난 자들의 환생으로 자리바꿈하고
제비꽃은 자주색이 의미하는 모든 것으로
하루는 영원의 동의어로

인간은 가슴에 불을 지닌 존재로
얼굴은 그 불을 감추는 가면으로
새는 비상을 위해 뼛속까지 비우는 실존으로
과거는 창백하게 타들어 간 하루들의 재로
광부는 땅속에 묻힌 별을 찾는 사람으로

누군가를 사랑한다는 것은
그 사람 가슴 안의 시를 듣는 것
그 시를 자신의 시처럼 외우는 것
그래서 그가 그 시를 잊었을 때
그에게 그 시를 들려주는 것

만일 시인이 사전을 만들었다면

세상의 단어들이 바뀌었으리라

눈동자는 별을 잡는 그물로

상처는 세월이 지나서야 열어 보게 되는 선물로

목련의 잎은 꽃의 소멸로

죽음은 먼 공간을 건너와 내미는 손으로

오늘 밤의 주제는 사랑으로

* '사람을 사랑하는 것은 그의 가슴에 있는 노래를 배우는 것' – 작자 미상

모란의 연緣

어느 생에선가 내가
몇 번이나
당신 집 앞까지 갔다가 그냥 돌아선 것을
이 모란이 안다
겹겹의 꽃잎마다 머뭇거림이
머물러 있다

당신은 본 적 없겠지만
가끔 내 심장은 바닥에 떨어진
모란의 붉은 잎이다
돌 위에 흩어져서도 사흘은 더
눈이 아픈

우리 둘만이 아는 봄은
어디에 있는가
아무것도 아닌 소란으로부터
멀리 있는

어느 생에선가 내가

당신으로 인해 스무 날하고도 몇 날

불탄 적이 있다는 것을

이 모란이 안다

불면의 불로 봄과 작별했다는 것을

시골에서의 한 달

작년에 우리가 묻어 준 새 올해는 매발톱으로 피었다고

그 집에 짐을 푼 첫날

당신은 말했지

산수유가 문밖까지 이른 마중을 나오고

늦게 내린 눈을 등 뒤에 감춘 비스듬한 지붕 위로

맨 먼저 찾아온 손님은 직박구리였지

봄이 실수를 해 성급히

뒷밭 서리를 녹이는 바람에

싹들은 상한 얼굴로 가슴앓이를 하고

나비는 힘겹게 날았지

옷을 갈아입으면서 우리는 독감에 걸렸고

새들이 귓속으로 날아오는 아침

기운 없는 볕 아래 목도리를 하고 앉아

구름들이 모이는 먼 곳을 내려다보았지

나는 계절이 바뀌어서 그렇다고 했고

당신은 장소가 바뀌어서 그렇다고 했지

단지 식탁에 나물을 올리기 위해

시골에 온 것은 아니었지

군이 상실의 이유를 묻지 않아도

삶은 원하는 대로가 아니라

있는 그대로 바라보아야 한다고

당신이, 혹은 내가, 지나가는 배추흰나비로 말했지 그 뜰에서

까다로운 꽃들은 벌만 날아오면 잉잉대고

잘못 자란 나뭇가지를 잘라 주는 동안

상처를 어루만지는 공기의 투명한 손가락들이

당신의 머리카락을 어루만지며 지나갔지

봄의 정식 초대장을 들고

대문 앞에서 주소를 확인하는 집배원과 잠시

남쪽 지방에서 전보를 치는 번개와

자주 꽃대를 꺾어 놓는 정체 모를 녀석에 대해 이야기하고

지난해 직박구리가 먹다 남은 앵두 몇 알을

그늘 없는 곳에 심어 주었지

당신이 밟고 간 발자국들 사이의 공간을 나는 좋아했지

당신이 잠들면

그 옆에 누웠다 몰래 밖으로 나오기를

여러 날째

새의 심장보다 큰 작약이

내 맨발 위로 툭, 떨어졌지

꽃이 필 적에 비바람이 잦다고 우무릉이라는

시인이 말했지

어떤 날은 고요한 불을 오래 바라보았지

그늘과 상관없이

그곳에 어른거리던 흰 빛들

존재하지 않는 집을 우리는 알고 있었지

우리 두 사람만 아는 집을

꽃으로만 열 수 있는 문을

완전한 사랑

사람들은 완전한 사랑에 대해 말한다 자신을 비운
초월적인 사랑에 대해
그러나 완전한 사랑만이 우리를
구원하는 것은 아니다
겨울의 소매 속
앞이 보이지 않을 만큼 눈 폭풍이 거세어지자
더 이상 눈보라를 피할 수 없어
날아들어 온
멧새 한 마리를
늙은 개가 못 본 체하고 자기 집 안으로
들여보내 준다
일 년 내내 그토록 잡으려고 쫓아다닌 새를
입 속으로는 투덜거리면서

직박구리의 죽음

오늘 나는 인간에 대해 생각한다
인간이란 무엇인가

가령 옆집에 사는 다운증후군 아이는 인간으로서
어떤 결격사유가 있는가
그날은 그해의 가장 추운 날이었다
겨울이었고
대문 두드리는 소리에 밖으로 나가 보니
그 아이가 서 있었다
죽은 새 한 마리를 손에 들고

늘 집에 갇혀 지내는 아이가 어디서
직박구리를 발견했는지는 모른다
새는 이미 굳어 있었고 얼어 있었다
아이는 어눌한 목소리로 부탁했다
뜰에다 새를 묻어 달라고
자기 집에는 그럴 만한 장소가 없다고

그리고 아이는 떠났다 경직된

새와 나를 남겨 두고 독백처럼

눈발이 날리고

아무리 작은 새라도 언 땅을

파기는 쉬운 일이 아니었다 흰 서리가

땅속까지 파고들어 가 있었다

호미가 돌을 쳐도 불꽃이 일지 않았다

아이가 돌아온 것은 그때였다

다시 대문 두드리는 소리가 났고

아이는 신발 한 짝을 내밀며 말했다

새가 춥지 않도록 그 안에 넣어서 묻어 달라고

한쪽 신발만 신은 채로

양말도 신지 않은 맨발을 하고서

새를 묻기도 전에 눈이 쌓였다

인간이란 무엇인가

이해하기 때문에 사랑하는 것인가

사랑하기 때문에 이해하는 것인가

무표정에 갇힌 격렬함

불완전함 속의 완전함

너무 오래 쓰고 있어서 진짜 얼굴이 되어 버린

가면

혹은, 날개가 아닌 팔이라서 날 수 없으나

껴안을 수 있음

다르질링에서 온 편지

지금 지구는 외롭고 바람 부네
사람이 그리워 사람의 마을로 간 것을 파계라 하던가
여기는 별이 너무 많아
더러는 인간의 집을 찾아들어
몇 점 흐린 불이 되기도 하네
히말라야의 돌은 수억 년 전의 조개를 품고 있다지
이 생의 일인데도 어떤 일들은 아득한
전생의 일처럼 여겨져
꽃 같은 기억, 돌 같은 기억이 너무 많아
세상이 나를 잊기 전에 내가 나를 잊었구나
농담을 하듯이 살았네
해발 2억 광년의 고산을 넘어와
밤마다 소문 없이 파계하는 별들 보며
전생의 내가 내생의 나에게 편지를 써서
거꾸로 읽어 보네
여인숙 옆 사원에서 들려오는 주문인 듯
네부람바고롭외……

첫사랑의 강

그 여름 강가에 앉아 이야기를 나누다가
너를 처음 사랑하게 되었지
물속에 잠긴 발이 신비롭다고 느꼈지
검은 돌들 틈에서 흰 발가락이 움직이며
은어처럼 헤엄치는 듯했지

너에 대한 다른 것들은 잊어도
그것은 잊을 수 없지
이후에도 너를 사랑하게 된 순간들이 많았지만
그 첫사랑의 강
물푸레나무 옆에서
너는 아직도 나를 기다리고 있지

많은 여름들이 지나고 나 혼자
그 강에 갔었지
그리고 두 발을 물에 담그고
그 자리에 앉아 보았지
환영처럼 물속에 너의 두 발이 나타났지

물에 비친 물푸레나무 검은 그림자 사이로
그 희고 작은 발이

나도 모르게 그 발을 만지려고
물속에 손을 넣었지
우리를 만지는 손이 불에 데지 않는다면
우리가 사랑한다고 할 수 있는가
기억을 꺼내다가 그 불에 데지 않는다면
사랑했다고 할 수 있는가

그때 나는 알았지
어떤 것들은 사라지지 않는다고
우리가 한때 있던 그곳에
그대로 살고 있다고
떠나온 것은 우리 자신이라고

보리

나는 이제 말하련다, 보리여
내가 태어난 나라를 나는 잘 모른다
마타리풀 지천에 피어 있는데
붉은 흙 많은 가파른 땅에서 태어나
개개비 새들과 함께 이곳에서 말을 배우고
시인이 되었으나
나 자신이 이중언어자라고 느꼈다
보리여, 나는 비가 많이 오는 고장 출신
번개의 대문과 천둥의 지붕 아래서
비에 젖은 유년을 보내고
목젖에 울컥한 것이 돋아난 후에는
집을 떠나 질문들의 여인숙을 떠돌았다
나 온 곳을 알기 위해
모든 존재들의 집을 묻기 위해
재를 숭배하는 힌두 수행자의 제자가 되었다
몇 개의 별자리들 아득히 모였다 쇠락하는 밤
빙결의 동토에 팔베개하고 누워
내 안의 들판을 걸어가는 자에게 물음을 던지고

아무도 받아 볼 이 없는 고향에 부친 편지처럼

일부러 옛날 풍으로 시를 썼다

찢어진 꽃들을 발밑에 던지며

이제 말하련다, 보리여

처마에서 떨어지는 눈 녹은 물처럼

나는 견자가 되지 못하고 고백자가 되었다

생의 흔들림을 시에 맡기고

고작 별똥별이나 반딧불이 정도의 사상밖에 노래하지 못하면서

고산 지방의 나귀와 벗하거나

노천의 빛에 길가 꽃처럼 빈혈이 번졌다

나의 전생이 티베트의 야크였다고 한 라마승이 옳았을까

그래서 낮은 세상에서는 습관처럼

머리가 뜨거울까

그러나 내 안의 어둠을 바람이라 명명한 그는 혹시 그 바람의 냄새를 맡았던 것일까

보리여, 붉은 흙 드러난 산비탈에서 태어나

내 몸에는 불이 많았다

침묵을 계속 건너가면 더욱 바닥 모를 깊이에 이른다는 것
을 이제야 깨닫고
드물게 나타나는 개개비 새들과 함께
내가 태어난 나라를 사랑하는 법을 배워야겠네
마타리풀 지천에 흔들리는데
아무래도 그래야겠네

봄은 꽃을 열기도 하고 꽃을 닫기도 한다

죽음 다음에 영혼이 있는지
곧 알게 되겠지
육체를 이탈한 순간에
빛의 터널을 통과하는지도
무엇보다 곧 알게 되겠지
이 삶이 의미가 있는지, 아니면
다만 운명이 되어 버린
우연이었는지

죽음 다음에 영혼이 있다면
내가 보내는 신호를 당신이 알 수 있을까
바람 없는 날 물 위에 이는 잔무늬를
공중에 잠시 정지한 봄날의 낙화를
유난히 당신 이마에서 녹는 눈송이를

자화상

행성의 북반구에서 절반의 생을 보냈다

곧 일생이 될 것이다

서른 살 이후 자살을 시도한 적 없다, 아 불온한 삶

사랑은 언제나 벼랑에 서 있었다

나를 만난 사람은 다 떠나갔다

가족력은 방랑이었다

아버지는 농부였으나 자식은 몇 대 위

유목의 혈통을 물려받았다

새벽부터 길 나서 부지런히 걸었지만 아직 이만큼밖에 오지
못했다

솔직히 말해 계속해서 가면 어딘가에 도달하리라는 것이

밑도 끝도 없는 사상이었다

정신병원에서 생을 마칠지도 모른다고 생각했다

많은 예술가들이 그러했고, 정신이 자주 아슬아슬한 경계를
넘나들었으므로

그 생각은 아직 유효하다

적들이 사라진 세상

그래서 모두가 모두를 적으로 만드는 세상을 떠나

갠지스 강가에 앉아 있곤 했다

모국어의 영토에 산수유 피었는가 그려 보면서

화장터 불빛 바라보며 삼십 대와 사십 대를 보냈다

고통받은 것은 이질감이 아니라 세계 속에서의 이물감이었다

밀교를 믿고 성직자보다는 샤먼을 믿고

연어의 회귀를 믿는다

사랑이 끝날 것을 믿고, 그럼에도 사랑보다 오래가는 것은
없음을 믿는다

배추흰나비가 우주와 교감한다는 것을 믿고

그 대신 정치인이 된 혁명가들을 믿지 않는다

자주 기다린다 시를

단어들의 번쩍이는 비늘을

까맣고 까만 밤의 바다에서

집어등集語燈을 켜고

파도 속에 등 푸른 물고기 떼처럼 밀려오는

시어詩魚들 상상하며

멀리 돌을 던지는 것을 좋아한다

던진 손을 떠나

돌 하나가 자신의 전부를 다해 날아가는 것을
무엇을 일별하고 떠날지 모르지만
죽으면 가벼운 운구가 되기를 바란다, 아 부박한 삶
누구의 어깨에도 짐이 되지 않기를
다만 적멸에 들기를
겨울에 목련의 봉오리들을 바라보는 것을 좋아한다
그 안에 접혀져 있는 흰 꽃들을
어둠이 오면 목련들이 저의 방에서 불을 켜는 것을
이 세상 모든 비유와 상징들을 한곳에 모은다 해도
말할 수 없는 것이 있다
이 불가사의한 부재에 대해

살아 있는 것 아프다

밤고양이가 나를 깨웠다
가을 장맛비 속에
귀뚜라미가 운다
살아 있는 것 다 아프다
다시 잠들었는데
꿈속에서 내가 죽었다

그날 밤 별똥별 하나가 내 심장에 박혀
나는 낯선 언어로 말하기 시작했다
나중에야 나는 알았다
그것이 시라는 것을

물돌에 대한 명상

그 말 속에 은폐시켜 놓은 것이 있다
어느 시인이 명상은 그저
둥글게 살자는 것 아니냐고 말할 때
보리달마가 둥글게 살기 위해 구 년 면벽하며 앉아 졸지 않
으려고
눈꺼풀까지 잘라 냈느냐고 묻기도 뭣해
그의 제자가 둥글게 살기 위해 보리달마의 등 뒤에서 저의
한쪽 팔을 끊어
눈밭에 던졌느냐고 묻기도 뭣해
물돌 하나를 손에 들어 본다
얼마나 오래 구르고 부딪쳤으면 이렇게 둥글어졌나
얼마나 몸 부비며 눈물 흘렸으면 이렇게 둥글어졌나
손에 들고 있던 돌 내려놓으니
더 무겁다
흙 묻은 손 털지 않는다
이것을 그저 닳아서 둥글어졌다고 할 것이냐
속으로 단단해지지 않은 물돌 보았느냐
물돌 속에 가부좌로 앉은 사람

긴 강의 노래를 기억하고 있으니
함께 부딪치며 서로를 둥근 아픔으로 깎아 주던
다른 돌들까지도 품고 있으니
자신의 생 내려놓는 데 한 생애가 걸렸으니
그래서 둥근 돌에 우리가 기도문을 새기는 것이니

화양연화

나는 너의 이마를 사랑했지
새들이 탐내는 이마
이제 막 태어난 돌 같은 이마
언젠가 한 번은 내 이마였던 것 같은 이마
가끔 고독에 잠기는 이마
불을 끄면 소멸하는 이마

스물두 살의 봄이었지
새들의 비밀 속에
내가 너를 찾아낸 것은
책을 쌓아 놓으면 둘이 누울 공간도 없어
거의 포개서 자다시피 한 오월
내 심장은 자주 너의 피로 뛰었지
나비들과 함께 날들을 세며

다락방 딸린 방을 얻은 날
세상을 손에 넣은 줄 알았지
넓은 방을 두고 그 다락방에 누워

시를 쓰고 사랑을 나누었지
슬픔이 밀려온 밤이면
조용한 몸짓으로 껴안았지

어느 날 나는 정신에 문제가 찾아와
하루에도 여러 번 죽고 싶다, 죽고 싶다고
다락방 벽에 썼지
너는 눈물로 그것을 지우며
나를 일으켜 세웠지
난해한 시처럼 닫혀 버린 존재를

내가 누구인지 나보다 더 잘 아는 사람은
너밖에 없었지
훗날 인생에서 우연히 명성을 얻고
자유로이 여러 나라를 돌아다녔지만
그때가 나의 화양연화였지
다락방 어둠 속에서 달처럼 희게 빛나던
그 이마만이 기억에 남아 있어도

언 연못 모서리에 봄물 들 때쯤

언 연못 모서리에 봄물 들 때쯤 너는

물새알 하나를 건네받을 것이다

두물머리쯤 어디

물가의 조약돌 같은 작은 새알을

너는 그것을 손바닥 안의 오목한 곳에 품어야 한다

그곳은 원래 새알의 자리

너무 오래 고독해

손이 시릴 때는 가슴에 품기도 해야 한다

심장의 얼음이 녹을 수 있도록

마음이 아홉 번 바뀐 달

그 돌연한 선물 앞에

냉정이 깊어지는 날이 있을 것이다

속으로 우는 날이 있을 것이다

그러나 네가 품은 것은 부화하기 직전의 떨림

새알의 껍질은 봉쇄수도원처럼 닫힌 문이 아닐 테니

침묵이 머지않아 물새의 노래가 될 테니

도요새나 흰물떼새

혹은 부리에서 눈까지 검정색 줄이 그어진 어린 새가

손바닥 안에서 너를 쳐다볼 테니

그럼 그 새를 날려 보내 주어야 한다

풀물 드는 마음 언저리쯤 어디

늦눈 서성이는 갈대숲이나

장다리꽃 근처 풀숲에다

슬픔만으로는 무거워 날지 못할 테니

기쁨만으로는 가벼워 내려앉지 못할 테니

그렇게 너는 물새알 하나를 건네받을 것이다

언 연못 모서리에 한나절 봄물 들 때쯤

그는 좋은 사람이다

그는 좋은 사람이다 신발 뒷굽이 닳아 있는 걸 보면

그는 새를 좋아하는 사람이다 거리를 걸을 때면 나무의 우듬지를 살피는 걸 보면

그는 가난한 사람이다 주머니에 기도밖에 들어 있지 않은 걸 보면

그는 눈물조차 흘릴 수 없는 슬픔을 아는 사람이다 가끔 생의 남루를 바라보는 걸 보면

그는 밤을 견디는 법을 아는 사람이다 샤갈의 밤하늘을 염소를 안고 날아다니는 걸 보면

그는 이따금 적막을 들키는 사람이다 눈도 가난하게 내린 겨울 그가 걸어간 긴 발자국을 보면

그는 자주 참회하는 사람이다 자신이 거절한 모든 것들에 대해 아파하는 걸 보면

그는 나귀를 닮은 사람이다 자신의 고독 정도는 자신이 이겨내는 걸 보면

그는 아름다운 사람이다 많은 흉터들에도 불구하고 마음 깊숙이 가시를 가지고 있지 않은 걸 보면

그는 홀로 돌밭에 씨앗을 뿌린 적 있는 사람이다 오월의 바

람을 편애하고 외로울 때는 사월의 노래를 부르는 걸 보면

그는 동행을 잃은 사람이다 때로 소금 대신 눈물을 뿌려 뜨거운 국을 먹는 걸 보면

그는 고래도 놀랄 정도로 절망한 적이 있는 사람이다 삶이 안으로 소용돌이치는 걸 보면

그는 이제 이 세상에 없는 사람이다 그의 부재가 봄의 대지에서 맥박 치는 걸 보면

그는 타인의 둥지에서 살다 간 사람이다 그의 뒤에 그가 사랑했으나 소유하지 않은 것들만 남은 걸 보면

만약 앨런 긴즈버그와 함께 세탁을 한다면

만약 당신과 함께 지구별 한 골목에서 세탁소를 연다면
당신이 미국을 세탁기 안에 집어넣는 동안
나는 세탁법이 불분명한 정치인들을 비눗물 속에 담글 것이다
방사능에 창백해진 양떼구름과 함박눈과 아이들의 헝겊 인
형을 당신이 문질러 빠는 동안
나는 입술 튼 강과 기름 무지개 뜬 모래톱을 세척해
점박이 물새알과 거북이 알들에게 돌려줄 것이다
당신이 이스라엘과 아랍 성직자들의 묵은 때를 벗기기 위해
강력 세제를 사러 슈퍼마켓에 갈 때
나는 성당 계단에서 잠든 노숙자들의 옷을 빨아
고통의 얼룩들을 제거한 뒤
순백의 겨울 볕에 내다 널 것이다
가난한 사람들을 외면하는 데 지친
산성비에 녹슨 대자대비관음보살과 성모마리아의 어깨를 양
철 수세미로 문질러 닦고
세상의 모든 지폐들을 표백제에 담가 숫자를 지울 것이다
미해결된 증오와 불치병과 사랑한 시간이 많지 않은 고독들
을 탈수기에 넣고 돌릴 것이다

지속 불가능해진 지속 가능 발전과 파혜쳐진 길들과 공장투
성이 시골들을

침묵을 방해하는 소음들과 무의미한 날들과 깊이 없이 아름
다운 것들을

편 가르기 하는 지식인들과 소녀들 납치하는 검은 손들을

오래오래 삶을 것이다

정오쯤 달라이 라마가 세탁소 문을 열고 들어와 검정 운동화
를 맡기면

우리는 셋이 앉아 버터차를 마시며 그의 호탕한 웃음에

함께 티베트식으로 웃을 것이다

당신이 중국해의 파도 거품들 속에

지느러미가 떼어진 채 버려진 상어들의 상흔을 소독해

남극의 얼음 지대로 돌려보내는 사이

나는 빨래 방망이로 일본 고래잡이배들을 두들겨 팰 것이다

멸종 위기에 놓인 붉은머리오목눈이 세발가락도요 흰목물떼새

통사리 꾸구리 얼룩새코미꾸리를 가로챈

때에 쩌든 욕망과 무지와 곰팡이 핀 권력들을

세탁소 뒷마당 산수유나무 아래 파묻을 것이다

새가 노래하지만 무엇을 노래하는지 모르는

우파와 좌파들의 경색된 뇌를 애벌빨래해 대기권 밖에 내다

널고

당신이 농약과 화학비료 판매상들의 돈을 세탁해

아시아와 아프리카 농부들에게 나눠 주는 동안

나는 티베트에서 네팔까지 밀고 내려오는 중국제 물건 실은

트럭들을

하수구로 쓸려 보낼 것이다

가족을 부양하기 위해 국제결혼한 처녀들의 슬픈 예복과 머

리 장식을

당신이 정성스레 다리미질하면

나는 잠시 가부좌하고 앉아 인디언 노래를 부를 것이다

그리고 당신의 제안대로 자정 무렵 세탁소 문을 닫고

근처 공원에 가서 안드로메다 부근의 별자리들을 구경한 뒤

우리는 주말 동안, 혹은 영원의 시간 동안 이 지구 행성을 떠

나 있을 것이다

*앨런 긴즈버그(1926-1997) - 미국 시인

꽃 피었던 자리 어디였나 더듬어 본다

꽃을 꺾자 꽃나무의 뿌리가 어두워진다

꽃나무는 얼른 다른 꽃을 밀어 올린다

스스로 환해지기 위해

내 오른쪽 늑골 아래

환하게 밀어 올려지지 못한 꽃들이

수북하다

누가 저곳에 저리도 많은 꽃 버렸을까

이제는 그리워하지 않아도 될 것들 너무 많아져

마음 걸 곳 찾을 일 참으로 없어

오래되었구나

어느 생에선가 마음 한 번 베인 후로

꽃의 안부 묻지 않은 것이

늑골의 통증이 그냥 통증이 아니었지만

오늘 밤 꽃이 바람에 스치는 것

꽃 지는 의미 알라는 것 아니겠는가

꽃 피었던 자리 어디였나 더듬어 보라는 것

홍차

당신은 홍차에 레몬 한 조각을 넣고
나는 아무것도 넣지 않은 쌉싸름한 맛을 좋아했지
단순히 그 차이뿐
늦은 삼월생인 봄의 언저리에서 꽃들이
작년의 날짜를 계산하고 있을 때
당신은 이제 막 봄눈을 뜬 겨울잠쥐에 대해 말했고
나는 인도에서 겨울을 나는 흰꼬리딱새를 이야기했지
인도에서는 새들이 힌디어로 지저귄다고
쿠시 쿠시 쿠시 하고
아무도 모르는 신비의 시간 같은 것은 없었지
다만, 늦눈에 옴마다 뺨이 언 꽃나무 아래서
뜨거운 홍차를 마시며 당신은
둘이서 바닷가로 산책을 갔는데 갑자기
번개가 쳤던 날
우리 이마를 따라다니던 비를 이야기하고
나는 까비 쿠시 까비 감이라는 인도 영화에 대해 말했지
때로는 행복하고 때로는 슬프고
망각의 이유를 물을 필요도 없이

언젠가 우리는 아무것도 기억하지 못하겠지만

새들이 날개로 하루를 성스럽게 하는 시간

다르질링 홍차를 마시며

당신이 내게 슬픔을 이야기하고

내가 그 슬픔을 듣기도 했다는 것

어느 생에선가 한 번은 그랬었다는 것을

기억하겠지 당신 몸에 난 흉터를 만지는 것을

내가 좋아했다는 것을

흉터가 있다는 것은

상처를 견뎌 냈다는 것

노랑지빠귀 우는 아침, 당신은 잠든 척하며

내가 깨워도 일어나지 않았지

그리고 어느 날엔가는 우리가 아주 잠들어 버리겠지

그저 당신의 찻잔에 남은 레몬 한 조각과

내 빈 찻잔에 떨어지는 꽃잎 하나

단순히 그 차이뿐

그리고는 이내 우리의 찻잔에서 나비가 날아올라

꽃나무들 속으로 들어가겠지

날짜 계산을 잘못해 늦게 온

봄을 따끔하게 혼내는 찔레나무와

늦은 삼월생의 봄눈 속으로

*쿠시 – 행복
**까비 쿠시 까비 감 – 때로는 행복하고 때로는 슬프고

제 안에 유폐시켰던 꽃 꺼내듯이

나를 미워하던 사람이 나와 똑같이
모란을 좋아한다는 것을
그것도 여느 꽃보다 아홉 밤은 먼저 지는
흰 모란을 좋아한다는 것을
그저께 알게 되었을 뿐인데

그가 나처럼 나비 채집자를 싫어한다는 것을
감금된 아름다움에서
얼마 전 호랑가시나무에 찔려 덧난 폐의
통증을 느끼기도 한다는 것을
그저께 듣게 되었을 뿐인데

나를 미워하던 그의
문상 가는 봄
제 안에 유폐시켰던 꽃 환하게 꺼내듯이
흰 꽃등 걸렸을 뿐인데
내가 아홉 밤 늦게 질 뿐인데

곰의 방문

누군가 당신의 집 앞으로 상처 입은

곰 한 마리를 데려왔다

당신은 놀라긴 했지만 곰을 안으로 들어오게 해

가슴에 난 그믐달 모양의 상처를 치료해 준다

지치고 혼란스런 곰은 침대에 쓰러져 누울 것이다

큰곰별자리에서 떨어진 검은 별똥별처럼

겨울잠에 아주 갇힌 영혼처럼

당신은 죽을 끓이고 강에서 연어를 잡아 올 것이다

이제 곰은 당신의 분신과 같아졌으므로

곰이 곧 당신 자신이므로

곰은 거리낌 없이 밤마다 당신의 이불 속으로 파고들 것이다

그러나 상처가 아물면 곰을 내보내야만 한다

그러지 않으면 곰이 그 넓은 배로 침대를 독차지하고

회색 그림자로 집 안을 지배할 테니까

당신의 친절에 익숙해진 곰은 언제까지나

나가기를 거부할 것이다

발톱으로 감정을 할퀴려 들지도 모른다

곰의 팔을 잡고 밖으로 밀어내야만 한다

문을 잠그고 단단히 빗장을 걸어야 한다
작별의 눈물을 흘리면서라도
그러지 않으면 이 회전하는 행성에서 당신은
곰과 함께 평생을 한집에서 보내게 될 것이다
이것은 은유가 아니다
어느 날 당신의 집 앞에 가슴을 깊이 베인
곰 한 마리가 찾아올 것이다
큰곰별자리에서 떨어진
슬픔이라는 이름의 덩치 큰 회색곰이

한 개의 기쁨이 천 개의 슬픔을

이따금 나는 생각한다, 무당벌레로 사는 것도

그리 나쁘지 않을 것이라고

아니, 삶이 더 가벼울 것이라고

더 별의 눈동자와 닮을 것이라고

멀리 날지는 못해도 중력에

구속받지 않을 만큼은 날 수 있다

혼자 혹은 무리 지어 날 만큼은

아무도 그 삶에 개의치 않고

언제든 원하는 장소로 은둔하거나 실종될 수 있다

명색이 무당일 뿐 이듬해의 일을 점치지 않으며

죽음까지도 소란스럽지 않다

늦지도 이르지도 않게 도착한다

운 좋으면 죽어서 날개하늘나리가 될 수 있고

더 운 좋으면 무로 사라질 수도 있다

어떤 결말이 기다린다 해도 이의를 제기하지 않으니까

아니, 기꺼이 원하니까

큰 순환에 자신을 내맡기는 기술은

이들을 따를 자가 없으니까

지구에서 일만 오천 일을 머물면서도

내가 배우지 못한 것이 그것이니까

이따금 나는 생각한다, 손등에 날아와 앉은 칠성무당벌레와

삶을 바꾸고 싶다고

나는 아무것도 손해 볼 것 없지만

무당벌레는 후회막급이리라

그에게는 한 개의 슬픔이 천 개의 기쁨을 사라지게 하겠지만

나에게는 한 개의 기쁨이 천 개의 슬픔을 사라지게 할 테니까

되새 떼를 생각한다

잘못 살고 있다고 느낄 때

바람을 신으로 모신 유목민들을 생각한다

별들이 길을 잃을까 봐 피라미드를 세운 이들을 생각한다

수백 년 걸려

불과 얼음을 거쳐 온 치료의 돌을 생각한다

터질 듯한 부레로 거대한 고독과 싸우는 심해어를 생각한다

여자 바람과 남자 바람 돌아다니는 북극의 흰 가슴과

히말라야 골짜기 돌에 차이는 나귀의 발굽 소리를 생각한다

생이 계속되는 동안은 눈을 맞을 어린 꽃나무를 생각한다

잘못 살고 있다고 느낄 때

오두막이 불타니 달이 보인다고 쓴 시인을 생각한다

내 안에서 퍼붓는 비를 맞으며 자라는 청보리를 생각한다

사랑하지 않고 상처받지 않는 사람보다

사랑하고 상처받는 사람을 생각한다

불이 태우는 것은 나무가 아니라 자신의 심장이라는 것을
생각한다

깃 가장자리가 닳은 되새 떼의 날갯짓을 생각한다

뭉툭한 두 손 외에는 아무 도구 없이

그해의 첫 연어를 잡으러 가는 곰을 생각한다

새의 폐 속에 들어갔던 공기가 내 폐에 들어온다는 것을 생각한다

잘못 살고 있다고 느낄 때

겨울바람 속에 반성문 쓰고 있는 콩꼬투리를 생각한다

가슴에 줄무늬 긋고서 기다림의 자세 고쳐 앉는 말똥가리를 생각한다

가난한 사람들의 손에서 손으로 건네지면서

둥근 테두리가 마모되는 동전을 생각한다

해답을 얻기 위해서가 아니라 질문을 던지기 위해

이곳에 왔음을 생각한다

이런 시를 쓴 걸 보니 누구를 그 무렵 사랑했었나 보다

꽃눈 틔워 겨울의 종지부를 찍는

산수유 아래서

애인아, 슬픔을 겨우 끝맺자

비탈밭 이랑마다 새겨진 우리 부주의한 발자국을 덮자

아이 낳을 수 없어 모란을 낳던

고독한 사랑 마침표를 찍자

잠깐 봄을 폐쇄시키자

이 생에 있으면서도 전생에 있는 것 같았던

지난겨울에 대해 나는 아무 할 말이 없다

가끔 눈 녹아 길이 질었다는 것 외에는

젖은 흙에 거듭 발이 미끄러졌다는 것 외에는

너는 나에게 상처를 주지만 나는 너에게 꽃을 준다, 삶이여

나의 상처는 돌이지만 너의 상처는 꽃이기를, 사랑이여

삶이라는 것이 언제 정말 우리의 것이었던 적이 있는가

우리에게 얼굴을 만들어 주고

그 얼굴을 마모시키는 삶

잘 가라, 곁방살이하던 애인아

종이 가면을 쓰고 울던 사랑아

그리움이 다할 때까지 살지는 말자

그리움이 끝날 때까지 만나지는 말사

사람은 살아서 작별해야 한다

우리 나머지 생을 일단 접자

나중에 다시 펴는 한이 있더라도

이제는 벼랑에서 혼자 피었다

혼자 지는 꽃이다

* '삶이라는 것이 언제~마모시키는 삶' - 옥타비오 파스 〈태양의 돌〉에서

불혹에

절정의 순간에 이른 절벽의 꽃을 부러워한다
그 비장미를
나이 먹을수록 제 안부터 허무는 느티나무를 부러워한다
그 적멸의 비움을
한여름 퍼붓고 절필한 소나기를 부러워한다
그 초연함을
폐곡선 안에서 나는 새를 부러워한다
그 끝없는 시도를
대패로 깎을수록 속 깊은 결 더 뚜렷해지는 나무를 부러워
한다
그 향기 나는 편향을
소나무의 많은 옹이들을 부러워한다
그 상처 진액에서 나는 솔향을
평생을 밭에서 일한 가난한 사람을 부러워한다
그 가린 곳 없는 진면목을
모든 잎새와 풀 속에 깃든 연두를 부러워한다
그 무엇에도 물들지 않은 색을
마침내 갈 곳 없어져 원점으로 돌아간 늪을 부러워한다

그 깊은 어둠을

허허벌판에 파다하게 핀 망초꽃을 부러워한다

그 생명의 아우성을

더러운 도랑에 꽃잎을 던지는 흰 목련을 부러워한다

그 거만한 자존을

흙 속에서 일제히 귀를 세우고 있는 씨앗들을 부러워한다

그 동지애를

가짜 종이돈을 진짜 돈처럼 꼭 쥐고 있는 티베트 할머니를
부러워한다

그 손때 묻은 간절함을

벼랑의 교만을 부러워한다

그 뒤돌아보지 않는 단호함을

달개비가 별의 귀에 대고 한 말

오늘 나는 죽음에 대해 회의를 갖는다
이 달개비, 허락 없이 생각의 경계를 넘어와 지난해
두세 포기였는데 올해
마당 한 귀퉁이를 다 차지했다
뽑아서 아무 데나 던져도 흙 근처
마디에서 뿌리를 내리는 이
한해살이풀의 복원력
단순히 죽음과 소멸에 대한 저항이 아니라
연약한 풀이 가진
세상에 대한 변함없는 애정
그것이 나를 긍정론자이게 만든다
물결 모양으로 퍼져 가는 유연함
한쪽이 막히면 다른 쪽 빛을 찾아 나가는 본능적 지성
다른 꽃들에 변두리로 밀리면서도 그 자신은
중심에 서 있는 존재감
무슨 일이 있을 때마다 불에 덴 것처럼 놀라는 인간들과는
사뭇 다르다
나는 장미가 이 닭의장풀보다 귀하다는 것을 안다

신의 눈에는 그 반대일 수 있다는 것도

달개비의 여윈 손목을 잡고 해마다

두꺼비와 가시연꽃과 붉은가슴도요새가 나온다

무당벌레와 흰올빼미도 나온다

오늘 나는 달개비에 대해 쓴다

묶인 곳 없는 영혼에 대해

사물들은 저마다 시인을 통해 말하고 싶어 한다

나비가 태어나는 곳이나 생각의 틈새에서 자라는

이 마디풀에게서 배울 점은 다름 아닌

신비에 무릎 꿇을 필요

신비에 고개 숙일 필요

비켜선 것들에 대한 예의

나에게 부족한 것은 비켜선 것들에 대한 예의였다

모두가 같은 방향으로 가고 있을 때

한쪽으로 비켜서 있는 이들

봄의 앞다툼 속

먼발치에 피어 있는 무명초

하루나 이틀 나타났다 사라지는 덩굴별꽃

중심에 있는 것들을 위해서는 많은 눈물 흘리면서도

비켜선 것들을 위해서는 눈물 흘리지 않았다

산 자들의 행렬에 뒤로 물러선 혼들

까만 씨앗 몇 개 손에 쥔 채 저만치 떨어져 핀 산나리처럼

마음 한켠에 비켜서 있는 이들

곁눈질로라도 바라보아야 할 것은

비켜선 무늬들의 아름다움이었는데

일등성 별들 저 멀리 눈물겹게 반짝이고 있는 삼등성 별들

이었는데

절벽 끝 홀로 핀 섬쑥부쟁이처럼

조금은 세상으로부터 물러나야 저녁이 하는 말을 들을 수

있다는 것을

아, 나는 알지 못했다

나의 증명을 위해

수많은 비켜선 존재들이 필요했다는 것을

언젠가 그들과 자리바꿈할 날이 오리라는 것을

한쪽으로 비켜서기 위해서도 용기가 필요하다는 것을

비켜선 세월만큼이나

많은 것들이 내 생을 비켜 갔다

나에게 부족한 것은

비켜선 것들에 대한 예의였다

아무도 보지 않는 곳에서 잠깐 빛났다

모습을 감추는 것들에 대한

독자가 계속 이어서 써야 하는 시

—쉼보르스카의 시에 이어서

기억보다 오래된 산들을 좋아한다

희고 긴 다리로 자작나무 숲으로 달려가는 바람을 좋아한다

신의 손금 같은 허공의 잔가지들을 좋아한다

물속에서 얼굴을 부비는 두 개의 돌을 좋아한다

번개의 순수한 열정을 좋아한다

단 하나의 육체를 상속받은 개똥지빠귀를 좋아한다

겨울에만 태어나는 입김의 짧은 생애를 좋아한다

새벽빛보다 먼저 들판을 가로지르는 어린 동물을 좋아한다

밤새 생각이 낳은 알들 위로 내리는 싸락눈을 좋아한다

여러 개의 보조개로 웃는 감자를 좋아한다

호미에 속살이 드러난 고구마

어렸을 때 치아 교정을 한 옥수수를 좋아한다

섬 뒤에서 사랑을 나누는 뭉게구름

죽은 새에게 나는 법을 가르치는 높새바람을 좋아한다

겨울 하늘을 나는 쇠기러기들의 각도를 좋아한다

바람을 가르기 위해 앞장서서 나는 길잡이 새를 좋아한다

달과 태양 사이의 공간을 좋아한다

발톱을 다듬지 않은 기슭

입에서 해초 내음 풍기며 절벽을 물어뜯는 파도를 좋아한다

나리꽃 입술에 박힌 점들을 좋아한다

연꽃의 얼굴을 빚어내는 진흙을 좋아한다

저의 이름을 부르며 우는 쏙독새를 좋아한다

오래된 나무 속에 서 있는 오래된 영혼을 좋아한다

물속에 던져도 그 모습 그대로 가라앉는 돌을 좋아한다

얼음 구멍에서 내다보는 투명한 눈의 물고기를 좋아한다

옥수수 밭에 퍼붓는 비를 좋아한다 옥수수 잎을 춤추게 하
는 비를

발품을 팔아 발견한 짧은 생의 풀꽃을 좋아한다

새를 그리기 전에 나무부터 그리는 사람을 좋아한다

노을 쪽으로 스무 걸음 떨어진 강을 좋아한다

상처가 꽃이 된 사람을 좋아한다

별을 보기 위해 불을 끄는 사람을 좋아한다

침묵 수행 중인 수도자와 나누는 필담을 좋아한다

파도와 혀를 나누는 어린 조개를 좋아한다

행성의 한 귀퉁이에서 봄이면 맨 먼저 밝아 오는 노랑제비꽃
을 좋아한다

여기는 낙타의 행성이고 우리는 침입자라는 말을 좋아한다

적신호에도 멈추지 않는 사랑을 좋아한다

빛을 들고 어둠 속으로 들어가면 어둠을 알 수 없다고 말한
시인을 좋아한다

어둡게 들어가야 어둠을 이해할 수 있다고

꽃나무의 눈을 털어 주는 것을 좋아한다 꽃의 잠을 깨우는
것을

가는 실에라도 묶여 있는 새는 날지 못한다는 것을 말해 준
어느 성인을 좋아한다

지금까지의 모든 시들보다 아직 써지지 않은 시를 좋아한다

*비스와바 쉼보르스카(1923-2012) - 폴란드 시인

순록으로 기억하다

내가 시인이라는 걸 알고 어떤 이가

툰드라의 순록에 관한 시를 써 보라고 했다

가축화되기 전에 순록은 야생으로 무리 지어 먼 거리를 이
동했는데

소금이 필요할 때면 어쩔 수 없이

인간의 천막으로 다가왔다

이때 다른 무리들은 모두 소금을 받아먹어도

한 마리 순록만은 먹기를 거부하며 서 있었다고 한다

인간들에게 소금을 제공받는 대신

그 순록은 나머지 족속들을 위해 자신을 희생하기로 결정
하고

그 자리에 나와

홀로 서 있었던 것이다

그것이 인간과 순록들 사이 무언의 약속이었다

순록의 무리는 그럼으로써 인간에게 종속되지 않을 수 있
었다

소금 바람 속에 서 있어 본다

그 순록으로 기억하기 위해

모로 돌아누우며 귓속에 담긴 별들 쏟아 내다

어느 소수민족은
여인이 죽어서 땅에 묻힐 때면
그 영혼이 한쪽으로 돌아눕는다고 한다
영혼들의 세계에 가서 한 손으로 실을 자아야 하기 때문이다

그 여인이 잣는 실 아득히
은하처럼 흐르는 밤
별똥별은 깜박 졸다가 지붕 위로 떨어진 것

내가 죽어서 땅에 묻히면
내 혼도 모로 눕겠다
저쪽 세계로 가서
한 손으로 시를 지어야 하니까

시를 쓰게 만드는 시

−류시화 시선집에 부쳐

0.

'사람이 만든 책보다 책이 만든 사람이 더 많다.' 서울역 지하 서점 앞을 지나던 참이었다. 남녘으로 문학 기행을 떠났다가 밤늦게 귀가하는 길이어서 한눈팔 겨를이 없었다. 그런데도 순간, 저 글귀가 눈에 들어왔다. 수첩에 적어 둘까, 라는 생각이 떠오른 건 서점을 지나친 뒤였다. 서울 서쪽 신도시로 가는 광역 버스 막차가 끊길 시간. 저 문장을 놓치지 않기 위해 속으로 중얼거리며 지하도를 빠져나왔다. 몇 번 들어가 보기까지 했는데 저 글귀가 왜 그때서야 보였는지 알 수 없는 일이었다. 버스 정류장에 도착하자마자 주머니에서 수첩을 꺼내 메모했다.

그런데 '작자 미상'이었다. 아니, 이런 명언을 누가 남겼는지조차 모르다니. 집에 도착해 인터넷을 검색해 봤지만 출처를 찾지 못했다. 부산 보수동 헌책방 골목 입구에도 저 문장이 크게 씌어 있다는 글을 만난 것으로 만족해야 했다. 나만 모르고 있었지 블로그나 카페에도 저 글귀가 제법 소개돼 있었다. 서울 광화문 교보문고 입구 바위에 새겨져 있는 '사람은 책을 만들고 책은 사람을 만든다'에 익숙한 나머지(나는 1980년대 중반 이후, 거의 매일 교보문고 앞을 지나다닌다) 눈에 띄지 않았는지도 모른다.

서울역 지하 서점 간판과 교보문고 바위에 새겨진 두 문장은 서로 비슷해 보인다. 하지만 내게는 전혀 달리 읽힌다. 교보문고 비문에서 저자와 책, 책과 독자는 동등한 입장, 다시 말해 '선순환 구조'다. 하지만 서울역 지하 서점 간판에서 저자와 책, 독자의 위치는 '비대칭 구조'다. 저자보다 책의 역할이 더 크다. 물론 이때의 책은 여느 책과 다르다. 모든 책이 사람을 만드는 것은 아니다. 사람을 만드는 책을 우리는 달리 부른다. 명저, 명작. 사람을 만드는 책을 만드는 사람 또한 달리 부른다. 위대한 저자, 위대한 작가.

저 문장에서 책을 시로 바꿔 보자. 시인이 만든 시보다 시가 만든 시인이 더 많다. 시를 '만들다'라는 표현이 어색해 보일지 모르겠다. 그런데 시인의 어원을 거슬러 올라가 보면 전혀 그렇지 않다. 시인이란 단어는 그리스어 '포에인poein'에서 유래한 것으로, '만드는 사람'을 뜻한다. 시인은 시를 만드는 사람이다. 하지만 책이 그렇듯이 시인을 만드는 시를 쓰는 시인은 그리 많지 않다. 시인을 만드는 시를 쓰는 시인을 우리는 '시인들의 시인'이라고 명명한다. 시인들의 시인이 시인만 만들어 내는 것은 아니다. 시인보다 훨씬 많은 독자를 만들어 낸다. 그러니까 이렇게 말해도 된다. 시인이 만든 시, 시가 만든 시인보다 시가 만든 독자가 훨씬 더 많다.

1.

시집과 시선집 그리고 시전집. '시집들의 시집'이 선집 혹은 전집이다. 시인들은 저 세 종류의 시집 가운데 어떤 것에 애틋해할까. 전집은 시인 자신보다 평론가나 편집자의 몫이 더 크므로 제외하자. 게다가 시전집은 시인 사후에 펴내는 게 일반적이다. 내 경우, 시집은 그간 발표한 신작시를 묶는 것이므로 이전 시집 이후부터 특정 시기를 반추한다는 의미를 갖는다. 나는 아직 선집을 묶지 않아 잘 모르지만, 선집이 전집 이상의 무게를 가질 것이라고 짐작한다. 특히 자선 대표 시선집은 지금까지 발표한 모든 시 중에서 가려 뽑는 것이니 '뼈와 살을 깎는' 아픔이 수반될 것이다. 선집에서 제외시킨 시라고 해서 시인 자신에게 무의미한 것은 아니기 때문이다. 상대적으로 완성도가 떨어질지언정 그 시를 쓸 때의 심경, 그 시를 쓴 장소, 그 시와 연관된 이야기 등이 떠올라 문득 시간이 정지되기도 할 것이다.

류시화 시인은 다작이 아니다. 첫 시집을 등단 10년이 넘어 펴냈고, 세 번째 시집은 두 번째 시집을 발간한 지 15년 만에 선보였다. 30년 넘는 시력을 가진 시인치고는 시집이 매우 적은 편이다. 3~4년에 한 권 꼴로 시집을 내는 관례에 따랐다면 10권 안팎의 시집을 갖고 있어야 한다. 창작의 세 요소가 다독多讀, 다작多作, 다상량多商量이라는 데 동의한다면, 류 시인은 한 가지 요소가 부족하다고 말할 수 있다.

하지만 그건 잘 모르고 하는 소리다. 1970년대 후반 이래 내가 벗으로서 지켜본 바에 의하면, 류 시인은 발표한 작품보다 몇 배 많은 시를 갖고 있다. 그리고 그 시들은 종이 위에 있지 않고 그의 머릿속에 있다. 그는 시를 종이에만 쓰지 않는다. 바람결 속에도 쓰고, 구름에다 올려놓고 쓰기도 한다. 집보다 길 위에 있는 시간이 더 많기 때문이다. 그는 20대 후반부터 "길에서 절반의 생을 보"냈거니와(〈바람의 찻집에서〉), 길 위에서 쓴 시들을 죄다 외우고 있다. 길 위에서 쓴 시들을 길 위에서 수도 없이 고쳐 쓰는 과정에서 자연스럽게 기억세포에 저장된 것이다. 그러니까 류시화 시전집은 30년 전부터 그의 머릿속에서 페이지를 늘려 왔다. 저 머릿속 어마어마한 분량의 시전집이 언제 나올지 모르겠다.

2.

선집 편집 과정은 시인 자신에게는 고통이지만, 그렇게 만들어진 선집은 독자들에게 축복이다. 시 세계의 변천을 한눈에 읽을 수 있기 때문이다. 선집에서는 '변한 것'과 '변하지 않은 것'이 대비되면서 드라마가 펼쳐진다. 변한 것과 변하지 않은 것의 목록을 작성하는 일이 가장 적극적인 독서에 해당한다. 이번 선집에는 금강석처럼 변하지 않는 시에 대한 태도가 자리 잡고 있는가 하면, 일대 전환의 파노라마와도 마주할 수 있다. 금강석과 같은 부분을 나는 전에 '감응의 시'라고 규정한 바 있거니와, 시적 대상과 합일하려는 의지를 넘어 시적 자아가 무화되는 경지가 바로 그것 중 하나이다.

"그대가 곁에 있어도 나는 그대가 그립다"(〈그대가 곁에 있어도 나는 그대가 그립다〉)라는 초기 시의 파토스는 30여 년 뒤 "신비에 무릎 꿇을 필요/ 신비에 고개 숙일 필요"(〈달개비가 별의 귀에 대고 한 말〉)로 변주된다. 변주된다고 해서 그 근원이나 본질이 변하는 것은 아니다. "그대"는 한둘이 아닐 것이고, 그래서 다양한 형태와 의미로 변화를 거듭하지만, "그대"를 형성하는 질료는 단순하다. 그리고 단순해서 강렬하다. 변하지 않는 시의 질료 중 하나가 "신비"일 것이다. 나는 이때의 신비를 종교적 신비로 이해하지 않는다.

나는 류시화의 시에서 신비를 경이, 즉 인간과 생명, 자연과 우주에서 발견하는 놀라움의 총체라고 읽는다. 무릇 좋은 시에는 경이로움에 대한 경이로운 표현이 담겨 있다. 인용하기가 쉽지 않을 정도로 많지만, 예컨대 "파도와 혀를 나누는 어린 조개"(〈독자가 계속 이어서 써야 하는 시〉), 혹은 "새의 폐 속에 들어갔던 공기가 내 폐에 들어온다"(〈되새 떼를 생각한다〉)와 같은 구절은 얼마나 신비롭고 경이로운가. 신비-경이로움을 외면하는 시는 존재하기도 어려울 뿐만 아니라 그런 시는 태어나기도 힘들다.

변하지 않은 것의 목록은 얼마든지 있다. 하나만 짚고 넘어가자. 서정시의 핵심 중 하나인 대상과 일치하려는 의지가 그것이다. 시의 화자는 시의 대상과 함께 산다. 대상이 없는 시는 없다고 말해도 크게 틀리지 않다. 류시화의 초기 시를 대표하는 〈그대가 곁에 있어도 나는 그대가 그립다〉, 〈소금인형〉에서 두드러지듯 그의 시의 화자는 대상과의 일치를 넘어 대상 그 자체가 되고자 한다. 대상과 하나 되려는 그의 시의 의지는 치열하고 또 집중적이어서 대상과의 합일의 경지를 넘어선다. "바다의 깊이를 재기 위해 바다로 내려간 소금인형"이 "흔적도 없이 녹아 버"리는 사태를 보라. 이것은 대상과 합일이 아니다. 스스로 무화되어 오롯이 대상만 남는다. 물론 이때의 대상은 '녹아 없어진 나'와 만나면서 질적 변화, 즉 화학적 승화를 이룩했을 것임에 틀림없다. 바로 앞에서 언급한 "신비에 무릎 꿇을 필요"도 대상(신비) 앞에서 자신을 없애려는(비우려는) 순결한 의지와 무관하지 않다. 이것이 류시화의 시에서 "많은 것이 변했지만 하나도 변하지 않은 것" (〈슬픔에게 안부를 묻다〉) 중 하나일 것이다.

3.

이제 변화한 것의 목록을 들춰 볼 차례다. 시는 언제나 새로움을 추구하듯이, 변화하지 않고서는 새로움을 얻어낼 수 없다. 그런데 이번 선집에서 목격할 수 있는 류시화 시의 변화는 거의 전환에 가깝다. 변화의 정도가 급격하다. 우선 '탈신화화'가 눈에 띈다. 그의 초기 시에는 시간, 장소, 인물이 추상화되어 있다. 익명이고 무국적이다. 세속—지상을 벗어난 신화—낙원의 세계. 〈구월의 이틀〉의 공간을 지상의 어떤 세속적 장소로 특정할 수 있단 말인가. 그리고 시적 화자의 눈길은 별이나 구름, 태양, 저녁(황혼) 등 천상을 향한다. 하지만 후기에 이르러 구체적 장소와 인물이 출현한다. 지상으로 내려오는 것이다. "어머니"와 "아내"가 나오는가 하면 "국수(소면)"와 같은 음식이 등장하고 "사하촌"에서 병든 몸을 눕히기도 한다. 시적 화자가 세속적 화자로 탈바꿈해 세상—일상 한가운데로 성큼 들어선다. 〈자화상〉에서처럼 시적 화자가 자신의 '민낯'을 노출시킨다. 천상에서 지상으로의 놀라운 전환이다.

더 큰 전환이 있다. 나는 이 일대 전환을 '지구적 상상력의 현현'이라고 이름 짓고 싶다. 지구적 상상력을 구성하는 한 핵심이 생태주의이거니와, 일찍이 〈녹색평론〉이 주창한 '모든 진정한 시인은 심오한 생태주의자다'라는 명제는 언제나 옳다. 좋은 시가 경이로움에 대한 경이로운 표현인 것처럼, 모든 좋은 시에는 저 생태적 감수성이 생생하다. 생태적 감수성을 달리 말하면 '관계의 시학'이다. 관계의 시학이란 서로 무관한 것들을 연결시켜 새로운 이미지(의미)를 발생시키는 상상력을 말한다. 메타포가 대표적이다. 그러니까 좋은 시는 새롭고 놀라운 관계를 만들어 내는 시다. 관계 맺기가 가능한 근거는 '모든 것은 연결되어 있다'는 유구하고도 보편적인 세계관이다. 세계의 복잡성에 근거한 이 상호의존성이 메타포를 탄생시키는 자궁이자, 생태주의의 광활한 터전이다.

생태주의는 전면적이고 심층적인 탈근대론이다. 근대란 무엇인가. 이성 중심주의, 과학기술 우선주의가 추동해 온 산업 문명과 도시적 삶의 방식(땅이 아니고 '돈에 뿌리박은 삶')이 바로 근대의 자녀이듯이, 눈에 보이는 풍요와 편리 뒤에는 눈에 보이지 않는 그늘이 나날이 거대해지고 있다. 기후변화와 에너지 고갈, 인구 폭발 등으로 인한 생태-환경의 교란. 간혹 생태주의를 과격한 복고주의로 오해하는 경우가 많은데, 결코 그렇지 않다. 과거로 돌아갈 수도 없고 돌아가서도 안 된다. 생태주의는 근대 합리주의의 장점을 수용하면서 산업 문명을 극복하려는 본질적 지향이자 포괄적 실천이다. 생태주의는 그래서 국가와 지역을 뛰어넘어 지구적 차원에서 논의될 수밖에 없다. 복잡성과 상호의존성을 재환기하고 넘어가자. 우리는 모두 연결되어 있다. 우주의 모든 것이 서로 연결되어 영향을 주고받는다. 이 거대하고 정교한 네트워크 또한 관계, 관계의 그물망(화엄세계)이다.

"행성의 북반구에서 절반의 생"(〈자화상〉)을 보낸다는 표현은 예사로운 것이 아니다. 지역이 아닌 행성의 관점, 공간이 아닌 행성 차원의 스케일이 지구적 상상력의 구체적 알리바이 중 하나다. 같은 시에서 "배추흰나비가 우주와 교감한다는 것을 믿"는다거나 "달이 지구로부터 달아날 수 없는 것은 지구에 달맞이꽃이 피었기 때문"(〈나비〉)이라는 구절은 또 어떤가. 다시 말하지만, 모든 것은 이렇게, 이토록 연결되어 있다. 이윽고 〈만약 앨런 긴즈버그와 함께 세탁을 한다면〉에서 지구적 상상력은 절정에 다다른다. 오만불손한 정치에 대한 풍자에서부터 원자력(핵), 종교, 경제, 기후변화 문제를 경쾌한 리듬으로 건드린다. 앨런 긴즈버그(1926~1997)가 물질문명에 대한 전면전을 벌였던 사실을 떠올리면, 긴즈버그와 함께 "지구별 한 골목에서 세탁소"를 운영하는 시적 화자의 '시민 행동'은 문명사적 전환의 차원으로 올라선다.

  지난 반세기 동안 이처럼 큰 시야를 가진 한국 현대시를 나는 만나 본 적이 없다. 나는 이처럼 활달한 지구적 문제의식을 접해 본 적이 없다. "지속 불가능해진 지속 가능 발전"이라니, 이 얼마나 정곡을 찌르는 표현인가. 이 시는 성장만이 살 길이다, 개발해야 발전할 수 있다는 경제 논리(생산력주의)에 세뇌된 우리에게 죽비를 내려친다. 긴즈버그가 중국해에서 남획되는 상어 떼를 남극으로 돌려보내는 사이 '나'는 "빨래 방망이로 일본 고래잡이배를 두들겨 팰 것"이라는 대목은 또 얼마나 흔쾌한가. 이 시 한 편만으로도 류시화의 시 세계를 신비주의로 묶어 버린 기왕의 일부 (폭력적) 평가를 전면 수정해야 할 충분한 근거가 된다.

4.

이제 오래 참아 온 이야기를 풀어내야 할 차례다. 앞에서 거론한 생태주의, 지구적 상상력과 연관되는 이야기다. 류시화의 최근 시들에는 우리가 스스로 육화시키는 것에서 나아가 이웃과 적극 공유해야 마땅한 가치가 있다. '우애와 환대'. 현대 생태주의의 성좌 중 하나인 이반 일리치가 강조했듯이 우애와 환대의 문화가 지속가능한 미래, 더 나은 미래를 열어 나갈 것이다. 자본주의의 강권에 아직 포섭되지 않은 인류의 지혜로운 유산 중 하나가 우애와 환대다. 우애와 환대는 공통분모가 많으면서도 조금 구별된다. 우애가 정체성이 같은 공동체를 결속시키는 형제애와 같은 것이라면, 환대는 집단 정체성이 다른 공동체(구성원) 사이를 이어주는 가교와 같다.

환대의 가장 큰 특징은 그것이 무조건적이라는 데 있다. 이방인, 나그네를 무조건 반기지 않는다면 그것은 환대가 아니다. 낯선 사람을 선별해 반긴다면 그 사람은 숙박업소 종사자와 다르지 않다. 류시화의 시에서 환대는 무조건적이되 인간과 인간 사이를 뛰어넘는다는 또 다른 특성을 갖고 있다. 지구적 상상력의 또 다른 버전일 것이 분명한데, 그의 환대는 동물과 동물, 인간과 동물 사이에서 이뤄진다. 생태주의에 바탕하는 지구적 상상력은 인간 중심주의를 극복하는 것이 최우선 과제다. 인간과 인간 사이의 우애와 환대만으로는 지속 가능한 문명이 결코 지속되지 않기 때문이다.

상식적인 지적이지만, 인간과 인간 사이가 아무리 돈독해진다 하더라도 자연이 망가진다면, 인간 사이의 우애와 환대는 불가능하다. 인간은 동물과 식물, 태양과 땅, 물과 바람이 없으면 단 한 순간도 존재할 수 없다. 우리가 살고 있는 도시는 농촌과 어촌, 산촌 등 비도시 지역으로부터 식량과 자원을 들여오지 않으면 단 한 순간도 존재할 수 없다. 그런데 이 엄연한 사실을 우리는, 우리의 도시는 수시로 망각한다.

자, 여기 류시화 시의 놀라운 환대의 세계가 펼쳐진다.

1)

더 이상 눈보라를 피할 수 없어

날아들어 온

멧새 한 마리를

늙은 개가 못 본 체하고 자기 집 안으로

들여보내 준다

일 년 내내 그토록 잡으려고 쫓아다닌 새를

입 속으로는 투덜거리면서

2)

다시 대문 두드리는 소리가 났고

아이는 신발 한 짝을 내밀며 말했다

새가 춥지 않도록 그 안에 넣어서 묻어 달라고

한쪽 신발만 신은 채로
양말도 신지 않은 맨발을 하고서
새를 묻기도 전에 눈이 쌓였다

인간이란 무엇인가

　1)은 〈완전한 사랑〉의 후반부이고, 2)는 〈직박구리의 죽음〉 5,6연의 일부다. 1)과 2)는 연작시처럼 읽어도 전혀 문제가 없다. 1)에서 환대는 동물 사이에서 일어나고 2)에서는 조금 성격이 다른 환대가 인간과 동물 사이에서 발생한다. 1)의 시 맨 뒤에 "인간이란 무엇인가"를 넣어 봐도 전혀 이상하지 않다. 늙은 개가 눈보라를 피해 들어온 멧새, 그것도 "일 년 내내 그토록 잡으려고 쫓아다닌 새를" 자기 집으로 들인다. 늙은 개의 마음씨가 성자의 그것이 아니라면 무엇이란 말인가. 새를 품어 주는 늙은 개가 인간보다 훨씬 윗길이다.
　2)에서 환대는 인간(아이)이 동물(새)의 죽음을 애도하는 장면으로 전개된다. 인간과 다른 생명 사이에서 환대가 일어난다. 환대의 맥락과 차원이 달라지는 것이다. 가장 깊은 환대는 삶이 죽음을 맞이하는 것인데, 역설적이게도 이때의 환대는 가장 깊은 결별(애도)의 형식으로 드러난다. 더구나 이 시의 아이(인간)는 정상적인 아이가 아니다. 다운증후군을 앓고 있어서 늘 집 안에서 지내는 아이. 그런 아이가 어느 날 화자의 집 대문을 두드린다. 문을 열어 보니 죽은 새 한 마리

를 손에 들고 있다. 아이는 "어눌한 목소리"로 "뜰에다 새를 묻어 달라고" 한다. "자기 집에는 그럴 만한 장소가 없다"면 서. 죽은 새를 화자에게 맡기고 돌아간 아이가 다시 돌아온 다. 그러고는 위에 인용한 대로 신고 있던 신발 한 짝을 벗어 내민다. "새가 춥지 않도록" 신발에 넣어서 묻어 달라며. 그리 고 다음 연이 이어진다. "인간이란 무엇인가". 아, 말문이 막 힌다. 인간이란 무엇인가. 누가, 무엇이 인간인 것인가. 죽은 새를 자기 신발에 넣어 묻어 달라는 어린아이 앞에서 우리 는 인간이 아니다. 우리는 인간이 되려면 아직 멀었다.

5.

시인은 평생 '한 편의 시'를 쓴다. 이때 한 편의 시는 숫자 개념이 아니다. 시 전집, 혹은 선집이 한 편의 시일 수 있다. 시인이 생애 전체에 걸쳐 추구하는 가치나 의미, 또는 어떤 세계를 한 편의 시라고 말할 수 있다. 그런데 그 한 편의 시 는 시인 자신이 주장할 수는 있지만, 독자들이 그대로 받아 들이는 것은 아니다. 한 시인의 생애와 정신세계를 압축하는 한 편의 시는 독자에 의해 정해진다. 그리고 그 시는 독자마 다 다를 것이고, 그 시 또한 독자가 읽을 때마다 매번 새로운 의미를 뿜어낼 것이다. 그런 시가 좋은 시다. 독자에 의해 매 번 새로워지는 그런 시, 독자와 시 사이에서 이뤄지는 내밀 한 대화를 통해 매번 새로 완성되는 그런 시가 좋은 시다.

이렇게 말할 수도 있겠다. 좋은 시는 시라는 특정 텍스트 안에 있는 것이 아니고 시와 독자 사이에 있는 것이라고. 그래서 끊임없이 유동하는 것이라고, 그래서 매번 새로운 의미가 탄생할 수 있는 것이라고. 그런데 류시화의 시는 여기서 한 걸음 성큼 나아간다. 독자로 하여금 시 쓰기에 참여하도록 권유한다. 〈독자가 계속 이어서 써야 하는 시—쉼보르스카의 시에 이어서〉라는 제목의 매우 특이한 시가 있다.

류시화 시인이 차용한 비스와바 쉼보르스카의 시는 〈선택의 가능성〉이다. "영화를 더 좋아한다/ 고양이를 더 좋아한다/ 바르타 강가의 떡갈나무를 더 좋아한다"로 시작되는 시. 좋아하는 것을 넘어 더 좋아하는 것을 차례차례 열거하는 시는 "잎이 없는 꽃보다 꽃이 없는 잎을 더 좋아한다"를 지나 "여기에 열거하지 않은 많은 것들을/ 마찬가지로 여기에 열거하지 않은 다른 많은 것들보다 더 좋아한다"를 거쳐 "존재, 그 자체가 당위성을 지니고 있다는/ 일말의 가능성에 주목하는 것을 더 좋아한다"로 끝을 맺는다.

류시화의 〈독자가 계속 이어서 써야 하는 시〉는 쉼보르스카가 "여기에 열거하지 않은 많은 것들"에서 시작되는데 쉼보르스카의 시와 달리 이상한 운명을 가진다. 독자에 의해 끝없이 이어지는 시이기 때문이다. 영원히 완성되지 않는 시, 독자에 의해 매번 행이 늘어나는 시, 미완성이 곧 완성인 시, 매번 완성되어 미완성으로 남는 이상한 시. 이런 시가 모든 시인, 모든 독자가 바라마지 않는 '시의 이상형'이자, 시의 생명력을 번성시켜 나가는 최적의 생태계일 것이다. "기억보다 오래된 산들을 좋아한다/ 희고 긴 다리로 자작나무 숲으로 달려가는 바람을 좋아한다"로 출발하는 시의 후반부를 읽어 보자.

여기는 낙타의 행성이고 우리는 침입자라는 말을 좋아한다

적신호에도 멈추지 않는 사랑을 좋아한다

빛을 들고 어둠 속으로 들어가면 어둠을 알 수 없다고 말한 시인을 좋아한다

어둡게 들어가야 어둠을 이해할 수 있다고

꽃나무의 눈을 털어 주는 것을 좋아한다 꽃의 잠을 깨우는 것을

가는 실에라도 묶여 있는 새는 날지 못한다는 것을 말해 준 어느 성인을 좋아한다

지금까지의 모든 시들보다 아직 써지지 않은 시를 좋아한다

그렇다면 "지금까지의 모든 시들" 중에서 간추려 낸 이번 시선집은 "아직 써지지 않은 시"들을 위한 전주곡일 것이다. 류시화의 '한 편의 시'는 아직 쓰이지 않은 것인지도 모른다. 어쨌거나 류시화 시의 오랜 독자의 한 사람으로서 시인의 권유를 받아들이지 않을 도리가 없다. 여기, '시인들의 시인',

'시들의 시'가 있다. 시가 만든 시인보다 시가 만든 독자가 더 많은 시가 있다. 아니 독자를 모두 시인으로 탄생시키는 시가 있다. 바로 앞의 '계속 이어서 써야 하는 시'가 바로 그런 시 중 하나다. 매번 류시화 시집의 첫 번째 독자 중 한 사람이었다는 영광에 대한 의무로서 저 시의 뒤에 한 줄을 덧대놓고 시선집을 나가야겠다. 그다음은 당연히, 여러분 각자의 몫이다. 부디 시와 함께 매번 시인으로 거듭나시길.

　　어제보다 더 가질 수는 없어도 어제보다 더 나눌 수
　는 있다고 말한
　　어제보다 더 젊어질 수는 없어도 어제보다 더 사랑할
　수는 있다고 말한 어느 늙은 시인을 좋아한다

　　　　　　　　_이문재(시인, 경희대 후마니타스칼리지 교수)

그대가 곁에 있어도
나는 그대가 그립다

─류시화 시선집

1판 1쇄 발행 2015년 9월 25일
1판 14쇄 발행 2024년 11월 18일

지은이 류시화
펴낸이 정중모
펴낸곳 도서출판 열림원
등록 1980년 5월 19일 (제406-2000-000204호)
주소 경기도 파주시 회동길 152
전화 031-955-0700 | 팩스 031-955-0661
홈페이지 www.yolimwon.com | 이메일 editor@yolimwon.com

ISBN 978-89-7063-947-5 03810

이 도서의 국립중앙도서관 출판예정도서목록(CIP)은
서지정보 유통지원시스템 홈페이지(http://seoji.nl.go.kr)와
국가자료공동목록시스템(http://nl.go.kr/kolisnet)에서 이용하실 수 있습니다.
(CIP제어번호: CIP2015025024)

만든 이들_ 책임편집 김정래 오하라